藤沢周平

初つばめ

「松平定知の藤沢周平をよむ」選

実業之日本社

実業之日本社文庫

本書『初つばめ「松平定知の藤沢周平をよむ」選』は
朗読番組「松平定知の藤沢周平をよむ2」で
紹介された藤沢周平の名作一〇作品を
全文収録したオリジナル短篇集です。

*

コラム「江戸の豆知識」は、
江戸の専門家が作品に関係するテーマを解説する
同番組のインタビューを厳選収録したものです。
作品の背景をより深く理解することができます。

*

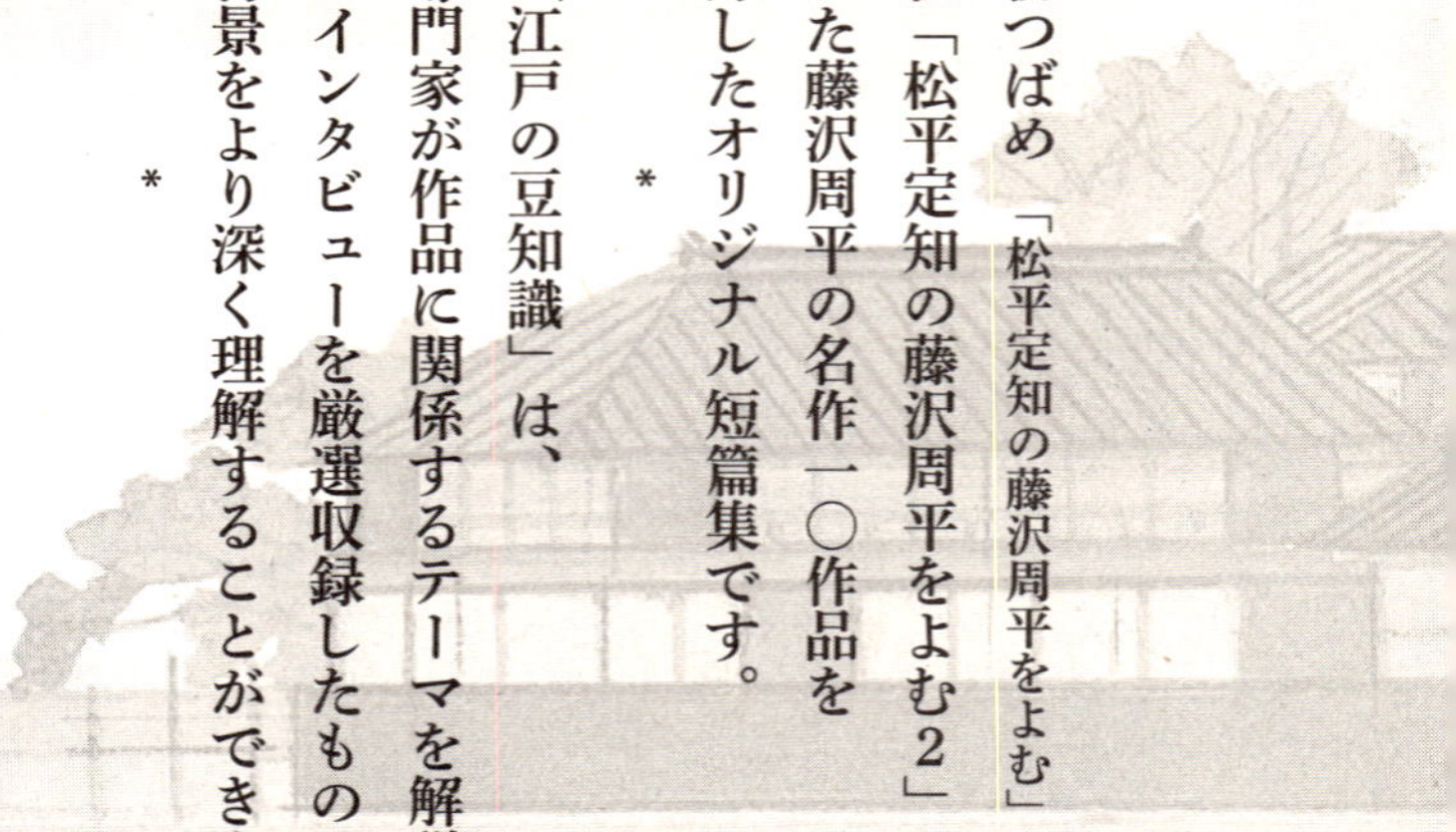

監修：遠藤展子、遠藤崇寿
協力：チャンネル銀河、ことばの杜
地図制作：ジェオ

画・蓬田やすひろ

「『初つばめ』江戸町歩きマップ」は
本書収録の作品の主な舞台となっている、
本所・深川周辺の江戸時代および現代の
町名・地名が入った散策地図です。
作品に登場する江戸の地名を地図で確認したり、
実際の町歩きガイドとしてもお使いいただけます。

*

藤沢周平の人情と希望の世界に浸り、
江戸を知り、物語の舞台を歩く——
初めて藤沢文学や時代小説に触れる
読者にも好適の一冊をお楽しみください。

目次

驟り雨
はし　あめ

盗っ人が一人、八幡さまをまつる小さな神社の軒下にひそんでいた。嘉吉という男である。

嘉吉は、昼は研《と》ぎ屋をしている。砥石《といし》、やすりなど商売道具を納めた箱を担って、江戸の町町を庖丁《ほうちょう》、鎌、鋏《はさみ》などを研いで回る。鋸《のこぎり》の目立てを頼まれることもあり、やすりはそのときの用意だった。そうして回っている間に、これぞと眼をつけた家に、夜もう一度入り直すわけである。

しかしそうだからといって、嘉吉は研ぎ屋仕事を、かならずしも世間をあざむくためとか、盗みに入る家を物色するためにやっているとか考えているわけではない。それはそれで身をいれ、そちらの方が本職だと思っていた。

だが時おり悪い血にそそのかされるようにして、人の家にしのびこむ。そのときは心の底まで盗っ人になり切っている。騒がれれば人を刺しかねない気持になって、盗みを働く。そういうふうになってから数年たつが、まだ誰にも気づかれたことはなかった。

はげしい雨が降っている。地面にしぶきを上げる雨脚が、闇の中にぼんやりと光るのを眺めながら嘉吉は雨がやむのを待っていた。

道をへだてた向う側に、黒い塀が立ちはだかっている。そこが、これからしのびこもうとしている大津屋という古手《ふるて》問屋だった。上方から取りよせる品物をそろえて繁昌している店である。

呼び入れられて、嘉吉が仕事をする場所は、大ていた裏口である。そこで小半日も腰を据えて仕事をし、水を飲ませてもらったり、はばかりを借りたりして家の中に入りこんでいる間に、しのびこめる家か、そうでない家かは大体見当がついて来る。見込みがありそうな家では、嘉吉は仕事をひきのばしたり、台所に入れてもらって弁当を使ったりして、入念に家の内外に眼を働かせる。

弁当を使いながら、女中と冗談口をききあうこともあった。嘉吉は三十二で、中肉中背。醜男《ぶおとこ》でも美男でもなく、いっこうに目立たない顔をしているが、話の間に嘉吉が独り者だと知れると、急に口数が多くなる女中もいる。

奉公人のしつけひとつにも、しのびこめる家か、そうでない家かがあらわれている。盗っ人稼業に年季が入ると、そういうことを見抜く眼も鋭くなった。

大津屋には、これまで二度呼びこまれた。そして三度目の今日、裏木戸から帰るときに嘉吉は、出口にある仕かけを残して来た。夕方裏木戸をしめるとき、かんぬきがうまくおりなかったはずである。きちんとした家なら、それから大工を呼んでも、そこを直すはずだが、大津屋はそうしないだろうと嘉吉はみていた。おそらくひと晩は間にあわせの直しですごすに違いない。

——だめだったら、塀を越えるだけさ。

嘉吉は眼を光らせてそう思った。あとは雨がやむのを待つだけだった。ここまで来たとき、突然降り出した雨は、そう長くつづかないだろうと嘉吉は思っていた。夜空のどこかに薄い明るみがある。

神社の軒先にいる嘉吉を、あやしんで見る者もいなかった。嘉吉がそこにとびこんだところ、あわただしく道を走り抜けて行った者が四、五人いたが、そのあとは人通りもなく、道は雨に打たれたまま刻《とき》が経っている。

不意に人声と足音がした。そしていきなり境内ともいえない狭い空地に、人が駆けこんで来たので嘉吉はあわてて軒下を横に回りこんで、身をひそめた。

「ああ、ああこんなに遅くなって、あたしどうしたらいいだろ」

そう言った声は、若い女だった。

「どうということはないよ。途中雨に遭って雨やどりして来ましたって言えば、おふくろは何にも言いやしないよ」

若い男の声が、そう答えた。なよなよしたやさしい物言いは、女客を扱うことが多い小間物屋とか呉服屋とかにいる男を想像させた。

「若旦那が悪いんだから」

と女は極めつけるように言った。

「途中で落ち合うたって、今日はお茶でものんですぐ帰るだろうと思ったのに、やっぱりあそこへ連れて行くんだから」

「お前だって、黙ってついて来たじゃないか」

若旦那と呼ばれた男はやさしい声で言い、含み笑いをした。

「そりゃ誘われれば、女は弱いもの。あたしもう若旦那から離れられない」

不意に沈黙が落ちて、あたりが雨の音に満ちたのは、男と女がそこで抱き合ってでもいる気配だった。話の様子では、同じ店でいい仲になっている若旦那と奉公人が、それぞれ用で外に出たついでに、途中で落ち合ってよろしくやって来たということでであるらしかった。嘉吉は胸の中で舌打ちした。

――ガキめら！　早く失せやがれ。

腹の中で嘉吉が罵《ののし》ったとき、女が夢からさめたような声を出した。

「でも、あたしたちこんなことをしていて、これから先、いったいどうなるのかしら」

「心配することはないよ。あたしにまかせろって言ってあるだろ」

「きっとおかみさんにしてくれる？」

「もちろんだとも」

「うれしい」

そこで二人とも黙ってしまったのは、また抱き合うか、顔をくっつけるかしているらしい。嘉吉はいらいらした。雨はいくぶん小降りになったようだった。

ねえ？　と女が甘ったるい声を出した。

「もしもの話だけど……」

「何だい」

「もしもよ、赤ん坊が出来たらどうするの？」

「赤んぼ？」男はぎょっとしたような声を出した。そして急に笑い出した。

「おどかすんじゃないよ、お前」

「あたし、おどかしてなんかいないない」

女の声が、急にきっとなった。もともと気の強い女のようだった。

「ひょっとすると、そうかも知れないって言ってるの」

「………」

「だってもう二月《ふたつき》も、アレがないもの」

「まさか」男はまた笑った。が、うつろな笑い声だった。

「お前、そうやってあたしの気持をためそうというんだね」

「そうじゃないってば」

女ははげしい口調で言った。

「ほんとに身ごもったかも知れないの」

「………」

「どうする？」

「どうするたって、お前」

男は困惑したように言った。声音《こわね》からさっきまでのやさしさが消えている。

「もう少し経ってみなきゃわからないことじゃないか」

「もう少しして、もしほんとだったら、どうするの」

「………」

「旦那さまやおかみさんに、ちゃんと話してくれる？」

「ああ」

男はおそろしく冷たい声で言った。

「そのときはそうするよりほか仕方ないでしょ」

「きっとね」

「……」

「ちゃんと言ってくれなきゃ、あたしからおかみさんに言いますからね」

「わかった、わかった」

男はいそいで言っている。

「その話はまた後にしよう。こんなに濡れちまってんだから、先にお帰り。あたしはあとから行く」

「また会ってくれる？」

「ああ」

下駄の音が、石畳を踏んで、道に出て行った。しばらくして男がひとりごとを言った。

「冗談じゃありませんよ。そんなことが親父に知れたら、あたしゃ勘当ものだよ」

そして妙に気取った声で、伊勢屋徳三郎一生の不覚、こいつァちと、早まったかァ、と言ったのは芝居に凝《こ》っている男なのかも知れなかった。

それっきり物音が絶えたので、嘉吉がのぞくと、男の姿も見えなくなっていた。女のあとを追ってまだ降っている雨の中に飛び出して行ったらしかった。

嘉吉はほっとして、雨の様子をうかがった。小降りになった雨は、予想にたがわずそのままやんで行く気配だった。地面にしぶきを立てた勢いはとっくに失われて、まだ雨音はしているが、それもだんだんに弱まって来ている。

――やんだら、入るぞ。

と嘉吉は思った。忍び口は決めてある。台所横の裏口だ。そこからずいと台所に上がって廊下に出る。そこには女中部屋があるから、気をつけなきゃいけねえなと思った。女中は三人いて、一人は通いで夕刻には家に帰るが、あとの二人は住みこみだ。

嘉吉が独り者だと知ると、お茶をのめの、せんべいをつまめのと、いやになれなれしくすり寄って来るおきよという女中は、心配はない。めったなことでは目ざめそうもない図体のでかい女だ。だがもう一人の、後家さんだという五十過ぎの婆さん女中は痩《や》せっぽちだ。目ざといかも知れない。めったな音を立てちゃならねえ。

女中部屋の前を通り抜けると、じきに茶の間に出る。主人夫婦の寝部屋はその隣だと、おきよに聞いたが、夜はがら空きの茶の間に、一日の売り上げを納める金箱があるはずだ。はばかりを拝借、てなことを言って上がりこんだついでに、茶の間の方まで行って、旦那と番頭が金箱の前で何か話しこんでいるのを見た。そのとき仏壇の下の押し入れが開いていてがらんどうだったから、金箱はあの中に入れてあるに違えねえ。大津屋は、その晩のうちに売り上げを土蔵に運びこむことはしねえ店だ。一度外で庖丁をとぎながら見たが……。

嘉吉のもの思いは、突然に中断された。小さな鳥居の前に、いつの間にか黒い影が二つ立って、ひそひそ話している。今度は二人とも男だった。

嘉吉はまた庇《ひさし》の下を伝って、横手に回った。そこで耳を澄ませた。だが男二人の話し声は低くて何も聞きとれず、しかも長い。嘉吉はいらいらした。野郎ども、なにをいつまでぐたぐた言ってやがる。腹の中で毒づいたとき、やっと一人が大きな声を出した。

「ここじゃ濡れる。ちょっとそこの軒下に入ろうじゃねえか」

軒下というのは、八幡さまのことだ。嘉吉は、またかとうんざりした。だがそう言った声音に、嘉吉の耳をそばだてさせるものがあった。

声に聞きおぼえがあったわけではない。声音から、ぞっとするほど陰気なひびきを聞きつけたのである。こいつは何者だ、と嘉吉は思った。

「おれは帰るよ」

と、もう一人が言った。その男も、とても堅気の腹の中から出たとは思えない、陰気に冷たい声を出した。

「話は済んだぜ、巳之《みの》」

「いいや、済んじゃいねえさ」

はじめの男がそう言って、含み笑いをした。しかしべつにうれしくて笑ったわけではないらしく、すぐに笑いにかぶせてつづけた。

「もらうものはきっちりもらう。それがおれのやり方だ。いくら兄貴だって、おれの取り分を猫ババしようてえのは黙っちゃいられねえ。話をつけてもらうぜ」

「わからねえ男だな、おめえも。今度のいかさまでは儲《もう》かっちゃいねえ。分け前をもらったやつは誰もいねえと言ってる」

「竹はそうは言わなかったぜ」

「竹がどう言ったか、おれが知るもんか。だがおれはビタ一文懐にしちゃいねえし、おめえの取り分もなかった。わかったか。話はこれで終りだ」

「兄貴がそうやって白を切るなら、おれはこの話を親分の前に持ち出すぜ」

「親分だと？」

「そうさ。多賀屋はいかさまにひっかかりましたと、親分に泣きついたそうだ。親分はウチの賭場《とば》にかぎって、そういうことがあるはずはございませんとつっぱねたらしいから、おれがじつはこういうことがありましたと白状したら……」

「やめろ」

兄貴と呼ばれた男が鋭く言った。

「よくよくの馬鹿だ、おめえは。そんなことをして何になる」

「さあ、何になるかな」

巳之という男がうそぶいている。

「多賀屋があの晩いくら巻き上げられたかわかれば、おいらの取り分がどのぐらいになったかぐれえわかるだろうさ」

「やめろよ、巳之」

兄貴の声が無気味に沈んだ。

「そんなことをしたら、おれたちはただじゃ済まねえことになるぜ。おれはいい。だが、助蔵兄いが迷惑なさる」

「そうかい。それじゃ黙っててやるから、おいらの取り分をくれるんだな」

「おめえ、おれを脅《おど》すつもりか」

「さあ、どうかね」

巳之がせせら笑った。

「ネタは上がってんだぜ、兄貴。あんたはおいらの取り分を懐に入れてよ。櫓下《やぐらした》のおきみという女に使ったんだ」

「……」

「おれはしつこいたちだからな。兄貴にかけ合うからには、それぐらいのことは探っているさ」

「ほう、えらいな」

と兄貴が言った。ふっとやさしい声に聞こえた。

「一人で調べたのかえ？」

「あたりめえだ。どうしても白を切って、金をくれねえというなら、女のことも親分にばらしてやろうと思ってよ。おれア、あんたが考えるほど、馬鹿じゃ……、あっ、なにをしやがる」

不意に黒い影が道の上に跳ねた。それを追って、もうひとつの影が、うしろから抱きつくように、前の影にぶつかって行った。その男の手に匕首《あいくち》とみえるものが、鋭く光ったのを嘉吉は見た。

ひと声、絶叫が闇をきり裂いてひびき、二つの人影がひとつになって道の上に転んだ。すさまじい組み打ちになった。野獣が餌《えさ》を争うときのように、二人の男は絶えず低い怒号の声を吐きちらしながら、組み合ったままごろごろと道の上を転げ回った。
その上に、まだ小降りの雨が降っている。おそらく男たちは泥まみれになっている
はずだったが、争うのをやめなかった。とことんまでいくつもりらしかった。
ついに一方が、一方の上に馬乗りになった。そして高くかざした匕首を、下になっ
た男の上にはっしと打ちおろした。そのまま動きが静止した。刺された男が声を立て
なかったのは、上の男が口をふさいだのかも知れなかった。
ようやく上になった男が立ち上がった。その男が吐く、荒あらしい息が嘉吉の耳に
も聞こえた。男は荒い息を吐きながら、しばらく倒れている男を見おろしていたが、
不意に身をひるがえすと、足ばやに闇の中に消えて行った。黒く横たわるものが地面
に残されただけである。
二匹の野獣の争いを、嘉吉はそれまでひややかな眼でのぞいていたが、勝った男が
立ち去ると、鳥居の下まで出て道を窺《うかが》った。
——くたばっちまったか。
うんざりしていた。やられた男に同情する気持はこれっぽっちもなかった。嘉吉の
胸には怒りが動いている。ひとの稼業をじゃましやがって、と思った。
道の真中に死人を置いたまま、大津屋にしのびこむわけにはいかなかった。もう人

通りはなさそうだが、油断は出来ない。嘉吉が前の家にしのびこんだあとに、もし誰かがここを通りかかって死骸《しがい》を見つけたりすれば、いくら夜でもあたり一帯は大さわぎになるだろう。そのうちには役人も来る。とても落ちついて泥棒仕事というわけにはいかない。

——裏に隠すか。

八幡さまの裏に、ひと握りほどの雑木林がくっついている。厄介だが、ひとまず死骸をそこまで引きずって隠すしかなさそうだった。とんだ骨折りだ。道に横たわっている死骸にむかって、呪《のろ》いの言葉を吐きちらしながら、嘉吉が道に足を踏み出しかけたとき、死骸がひと声うめいた。

——野郎、生きていやがった。

足をひいて、鳥居のうしろに身をひそめた嘉吉の眼の前で、倒れていた男がのろのろと身体《からだ》を起こした。男は、何度か立ち上がりかけては腰を落としたが、ついに立ち上がると、ふらふらと歩き出した。いまにもつんのめりそうな、あぶなっかしい歩き方だったが、男は少しずつ道を遠ざかって行く。

——その調子だ。しっかりしろい。

嘉吉はうしろから声援を送った。べつに男を気遣ったわけではない。くたばるなら少しでも遠くへ行ってからにしろと思っただけである。盗みを働く晩の嘉吉は、冷酷非情、石のように情知らずの男になっている。

男の姿は、よろめきながら闇のむこうに消えた。ともあれ、これでじゃま者はいなくなったわけである。嘉吉はほっとして、また八幡さまの軒下にもどった。

雨はほとんどやんでいた。嘉吉は、もう一度用心深くあたりの気配を窺ったが、社前の杉が、身ぶるいして降り落とす雨滴の音のほかは、何の物音もしなかった。

時は四ツ半（午後十一時）。善良な人びとはみな眠りにつき、いよいよ盗っ人の出番がやって来たようだった。

ひと息入れて取りかかるぞ。そう思って嘉吉がぐっと腹に力をこめたとき、道の左手にぽつりと灯影《ほかげ》が見えた。

——今ごろ、なんだ、なんだ。

嘉吉は、あわててまた社の横手に回った。灯影はじれったいほどゆっくり近づいて来る。実際に、嘉吉がじれて地だんだを踏みそうになったぐらい、灯の歩みは遅かった。重ねがさねのじゃま者の登場に、嘉吉はおそろしい形相になっている。ようやく近づいて来た提灯《ちょうちん》の灯りをにらみつけながら、嘉吉がとっとと失せやがれと腹の中でどなったとき、その声が聞こえたかのように、提灯はぴたりと鳥居の前でとまった。

のみならず、女の声が、こう言っている。

「おちえ、ここで少し休んで行こうか」

ひどく弱よわしい声だった。すると、芝居の子役のように澄んだ声が、おっかさん、まだ痛むかえ、と言った。

嘉吉が首をつき出してみると、二十半ばといった見当の女と、六つか七つとみえる女の子が、ひと休みすると決めたらしく、手をつないで境内に入ってくるところだった。嘉吉はじれて、泣きたくなった。

女は鼻筋の通った美人だったが、髪はみだれ、提灯の明かりでもそれとわかるほど、血の気の失せた顔をしている。二人とも着ている物は粗末だった。

——なんだい、病人かね。

首をひっこめて、嘉吉はそう思った。母親の方のぐあいが悪いので、医者に薬をもらいに行くところでもあるらしい。子供が介添えについて来たのだ。

病人じゃしようがねえや。つごうがあるから行ってくれとも言えめえ、と嘉吉は思った。辛抱して二人が立ち去るのを待つ気になった。

「おっかさん、背中をさすってやろうか」

と女の子が言っている。どうやら二人は、扉の前の上がり口に腰をおろした様子だった。

「すまないねえ」

「おとっつぁんのところになど、行かなければよかったねえ」

と、女の子がこましゃくれた口ぶりで言った。

「おとっつぁんは怒るし、あのおねえちゃんは、上にあがっちゃいけないっていうし、さ」

「おっかさんだって、行きたくはなかったよ」

と、母親が言った。何かべつのことを考えているように、うつろで沈んだ声だった。

「でも、店賃《たなちん》がとどこおってねえ。大家《おおや》さんに出て行ってくれって言われたしね。身体が元気なら、おっかさん何とでもするけど、ずうっと病気だからねえ。仕方なしにお金をもらいに行ったんだ」

「おとっつぁんは、どうして家に帰らないで、あの家にいるの？」

「さあ、どうしてだろうねえ」

母親の声には力がなかった。

「大方おっかさんより、あのおねえちゃんといる方がいいんだろ。お前という娘もいるのに、若い女にとち狂っちゃってまあ」

「もう帰って来ないの？」

「もう帰って来やしないねえ」

どんな野郎だ、と嘉吉は思った。女の亭主のことである。むらむらと怒りがこみ上げて来ていた。

耳に入って来たことだけで、この親子がいま置かれている境遇というものは、およそのみこめたようだった。病弱な女房と子供を捨てて、その男はどこかで、若い女といい気になって暮らしているのだ。残された親子は店賃の払いにも困って、大家に出て行けがしに言われている。そういう事情らしかった。

それで女房は、思い切って亭主をたずねて行ったが、剣もほろろに扱われてもどるところらしい。

——もったいねえことをしやがる。

嘉吉は怒りのために、思わずうなり声を立てそうになった。

おはるといった。それが嘉吉の女房の名前だった。そのころ嘉吉は鍛冶《かじ》の職人で、ばりばり働いていた。おはるは身ごもっていて、子供が生まれるのを待つばかりだった。ぜいたくは出来ないものの、親方には信用され、手当はきちんきちんと懐に入って来て、何の不足もない暮らしだった。

嘉吉は腕のいい職人だったので、いずれ親方からのれんをわけてもらい、ひとり立ちする約束も出来ていた。その場所はどのあたり、小僧を二人ほど雇って、と腹のふくれたおはるとその時の話をしているときはしあわせだった。

だが突風のような不幸が、嘉吉の家を襲った。死が腹の子もろとも、おはるを奪い去ったのである。はじめは軽い風邪だと思った病気が、身ごもって身体が弱っていたおはるを、みるみる衰弱させ高い熱が出て、あっという間の病死だった。

嘉吉は、それまであまり好きでもなかった酒をのむようになり、やがて深酒して仕事を休むようになった。親方の意見にも耳を傾けず、そのうちに気まずさがつのって鍛冶屋勤めをやめた。そのあとは日雇いをしたり、仕事がなければ家にごろごろしているような暮らしがつづいた。何をやっても張りあいがなかった。喰うだけのものを稼ぐ気持はあったが、それさえ面倒だと思うこともあった。

そのころのある日、嘉吉は町の通りすがりに、店の前に紅白の幔幕《まんまく》を張りめぐらした家を見た。何か大げさな祝い事があるらしく、いそがしく人が出入りし、家の中からはごった返す人の気配と、笑い声が通りまで聞こえて来た。嘉吉を、不意の怒りに駆りたてたのは、その家の中から聞こえて来る笑い声だったのだ。どっと大勢の人が笑い、またどっと笑い声が起こった。

——何をうれしそうに笑ってやがる。

と思った。自分でも理不尽だと思いながら、嘉吉は、胸の奥から噴きあげて来る暗い怒りを、押さえることが出来なかった。それは強いて理屈づければ、世のしあわせなものに対する怒りといったものだったのである。

嘉吉の胸には、ついこの間まで手の中に握っていたしあわせが、見果てぬ夢のように、かすかに光って残っている。その思い出だけで、嘉吉は生きていた。

だが聞こえて来るしあわせそうな笑い声は、嘉吉のまぼろしのような物思いを無残に砕き、しあわせはとうの昔に失われて、いまは何も残っていないことを、あらためて思い出させるようだった。しあわせとはこういうものだ、と大勢の笑い声が告げていた。しあわせなやつらが、不しあわせな人間を嘲笑《あざわら》っている、と嘉吉はその家から聞こえて来るどよめきを聞いた。

世の中には、しあわせもあり、不しあわせもあるとは考えなかった。いましあわせな者もいつまでもしあわせではなく、不しあわせな者にもいつかしあわせがめぐって来るかも知れないという考えは思いうかばなかった。しあわせな者に対する一途《いちず》な怨《うら》みが、笑い声にひき出されてどっと胸に溢《あふ》れた。

その夜嘉吉は、人が寝静まった町を、夜行の獣のように走って、昼笑いさざめいていた家にたどりつき、中にしのびこんで金を盗んだ。

「おちえ、腹すいただろ、ごめんよ」

「あたい、おなかすいてない」

「いいんだよ、すいたらすいたって言いな。おまえにあんまりいい子にされると、おっかさん悲しくなっちまうよ」

「そんなら、すいた」

「そうさ。もうこんな時刻だもの。家へ帰ったら、おすえさんにお米を借りて、おまんま炊いたげるから、安心おし」

聞きながら、嘉吉は眼に涙をためた。二人の話し声が、ふっと死んだおはると子供が話しているように聞こえたのである。

――なんてえもったいねえことをしやがる。

と、また思った。こんないい女房子供がありながら、それで足りずに家を捨てるなんて、ゆるせねえぜいたくな野郎だ。

「そろそろ行こうか」

「だいじょうぶ？　歩ける？」

「だいじょうぶさ。でも、遠いとこまで来ちゃったねえ、おちえ。おまえ、さっきのようにおっかさんの手を握っておくれ」

二人が立ち上がった気配がした。嘉吉はそろそろと前に出て、社殿の角から二人をのぞいた。二人は、まるで虫が這《は》うように、のろのろと歩いている。母親の方が、かなり弱っている様子に見えた。

——ほんとにだいじょうぶかね。

嘉吉がそう思ったとき、はたして道に出たところで、母親が前にのめってがくっと地面に膝《ひざ》をついた。子供が泣き出した。

「そうら、言わねえこっちゃねえ」

大声をあげて、嘉吉は軒下から道にとび出した。

突然とび出した嘉吉を、母親はぎょっとしたように子供を胸に抱きこみながら見上げた。恐怖に眼をいっぱいに見ひらいているが、やはりちょいとしたいい女だった。

「怪しいもんじゃねえ」

嘉吉はいそいで言った。

「ちょいとそこで雨やどりしてたところに、おめさんたちが来たもんだから、つい出そびれちゃってよ。おどろかして済まなかった」

嘉吉は、女を助け起こした。子供が眼をまるくしているのをみると、そちらの頭もなでてやった。

「おいらは嘉吉といってよ。深川の元町で研ぎ屋をしてる者《もん》だ。まっとうに暮らしてる者だから、安心しな」

「……」

「おまえさんたち、どこまで帰りなさる」

「深川の富川町ですけど」

「なんだ、なんだ、それじゃご近所じゃねえか」

嘉吉は陽気に言った。

「送って行こう。ここから子供連れで帰るんじゃ、夜が明けちまうぜ」

「かまわないでくださいな」

と女が言った。まだいくらか嘉吉を疑《うたぐ》っているようだった。これか、と思って嘉吉はあわてて黒い布の頬かむりを取った。

「遠慮することはねえぜ、おかみさん」

「遠慮はしていません。そろそろ行きますから、どうぞお先してくださいな」

「そうかえ」

と言ったが、嘉吉は二人が歩き出すのを立って見ていた。親子は嘉吉を置いて歩き出したが、母親がまたよろめいて膝をついた。母親の手をひっぱりながら、子供が嘉吉を振り返った。

嘉吉は近づくと、膝をついたまま息をととのえている女の前にうずくまって、黙って背をむけた。わずかの間ためらう気配だったが、ついに女は精根つき果てたように、嘉吉の背に倒れこんで来た。

「悪いが話を聞きましたぜ」

三ツ目橋を渡りながら、嘉吉は言った。

「おいらはしがねえ研ぎ屋だが、よかったら、ちっとぐれえ力になりますぜ、おかみさん」

嘉吉がそう言うと、それまで背中の上でこわばっていた女の身体が、力を失ったように急にぐったり重くなった。女は何も言わなかったが、その重みに、嘉吉は満足して、軽く女の身体をゆすり上げた。

女を背負い、片手に子供の手を引いて、細ぼそとした提灯の明かりをたよりに歩いていると、嘉吉は前にもそんなふうに、三人で夜道を歩いたことがあったような気がして来た。ついさっきまで、息を殺して大津屋にしのびこむつもりでいたなどとは、とても信じられなかった。雨はすっかりやんで、夜空に星が光りはじめていた。

「藤沢周平をよむ」江戸の豆知識 1　(聞き手・松平定知)

明治大学博物館学芸員
外山徹さんに聞く

江戸の刑罰

――私が今持っているのは時代劇でおなじみの突棒《つくぼう》ですが、これは一間半（約二メートル七〇センチ）くらいはありますでしょうか。

外山　そうですね、二メートル三九センチありますね。刀を持った容疑者を取り押さえる時に本来使うものですが、自身番屋（町役人によって運営された警備小屋）や奉行所などでも、袖搦《そでがら》みと刺叉《さすまた》と三本並べて立てかけて、人々を威圧する

突棒の長さは2メートル超！

ための道具だったといえます。刑場でも、獄門で晒《さら》された首の脇に立てたりすることで、「お前たちこれの世話になるなよ」というメッセージを見る人に伝えていたのではないかなと。現代の刑罰は受刑者に改悛《かいしゅん》を促すための教育としての刑罰なのですが、江戸時代の刑罰はひとつは犯罪者を懲《こ》らしめることと、もうひとつは犯罪が起きないように抑止するための見せしめにする公開刑として行われたのが今日との根本的な違いです。

――盗みについての刑罰の重さ、量刑の差はどういうように決められていたのでしょう？

外山　「御仕置例類集《おしおきれいるいしゅう》」という江戸期の判例集があるのですが、これは現場の奉行所で判断ができない場合に、幕府の老中にお伺いを立てて、老中が評定所《ひょうじょうしょ》に諮問《しもん》した記録です。鼠小僧次郎吉が記録のなかに登場しているのですが、十年くらいの間に武家屋敷九十八ケ所に盗みに入って、都合百二十二度繰り返したという。その間に一度捕まって追放刑になった

捕縛の図（「徳川幕府刑事図譜」より）

にもかかわらず、また繰り返して合計金三千百十一両二分そのほか銭、銀を盗んだということが書かれています。引き廻しの上、獄門という判断がされています。

――原則的に再犯は相当厳しいということでしょうか？

外山　ひとたび刑罰を宣告されるということはお上の意思を受け取ったわけですから、お上の意思に反するということは、それは重大な犯罪とみなされたわけですね。

――額によっても量刑は違いますか？

外山　俗に「十両盗めば首が飛ぶ」と言われていますが。火事が起きたときにどさくさにまぎれて古い蚊帳《かや》をひと張盗んだという事例がありますが、この場合は「敲《たた》き」という刑罰が適用されています。

――敲きは五十敲き、百敲きという……。古い蚊帳をひとつ盗んだだけでかなり罪は重いものですね。

（明治大学博物館にて）

敲き仕置の図（「徳川幕府刑事図譜」より）

遅いしあわせ

一

その男が入って来ると、朋輩《ほうばい》のおまちがおもんの脇腹をこづいた。

「ほら、来たよ」

そう言った声が笑いを含んでいる。

「行ってあげなよ」

おもんは顔が赤くなった。そろそろ来る時刻だと、心待ちにしていた気持を、おまちに見すかされた気がしたのである。あらがうように言った。

「べつに、あたしじゃなくちゃいけないっていうんじゃないのにさ」

だがそのとき、客の一人がそこの姉ちゃんや、酒だ。と言って高くかかげた銚子を振ったので、おまちはさっさとそっちの方に行ってしまった。行くときに、おもんの臀《しり》のあたりをぱんと叩いて行ったのは、遠慮しなさんなという意味なのだろう。

おもんは盆を抱えて、その男の方へ近寄って行った。飯も喰わせ、酒も飲ませる店の中はほどよく混んでいたが、男はすぐにあいている腰かけを見つけて坐った。

「いらっしゃい」

おもんが声をかけると、男は微笑をむけて、飯と肴《さかな》をくんな、と言った。

「肴は鯖《さば》の味噌煮といわしの焼いたのと、どちらにします？」

「いわし」

男は短く言った。小声だった。

「味噌汁は大根ですよ」

おもんがそう言うと、男はもう一度あっさりした微笑をむけた。男は千切り大根の味噌汁が好きなのだ。

無口な男だが、素姓は知れている。春先から角の桶安《おけやす》で働いている、重吉という職人である。桶安の前を通ると、竹を割ったり、足で桶を回しながら、木槌《きづち》をふるってタガをはめたりしている重吉の姿を見かける。

身のこなし、手さばきが素人眼にもあざやかで、年季の入った桶職人だとわかる。重吉は、どこかで桶職人の奉公をおえた職人で、この春から角の桶安に雇われているのだと思われた。

「だったら、かみさんをもらうのもこれからということだね」

無口な桶職人が、飯を喰いに来るようになってひと月ほどし、そういう事情がわかったころ、おまちが、けしかけるようにそう言ったことがある。

おまちは時どき、おもんにけしかけるようなことを言う。店の給仕女は三人だが、おまち自身は所帯持ちで、もう一人のおすみはまだ十六の小娘だった。出戻りで二十一のおもんを、おまちは半ばはからかい、半ばは本気で、あの客はどうとか、この客は似合いだとか言ってけしかける。

むろん馴染《なじ》みの客の誰かれを、ひとり身のおもんに結びつけて面白がるのは、ひまつぶしの冗談のようなところもある。おもんもそれをいちいち真《ま》にうけるわけではない。おすみと一緒になって面白がったりする。

だが、重吉のときは違った。重吉がはじめて飯をたべに来たときに給仕したのがおもんだった。そのときおもんは、初顔のその男が、店に来るこれまでの男たちと、どこか違っているような気がしたのである。

長身で広い肩幅を持ち、手は職人らしく武骨だった。いわゆるいい男というのではなかったが、眼に落ちついた光があり、ひき結んだ口のあたりに男らしい気性がのぞいている。そして無口だった。笑うときにも、歯をみせず眼だけで笑った。

そういうひとつひとつの印象が、いつの間にかはっきり頭の中に刻まれるようになったのは、おもんがそれだけ、ふだん重吉という男をよく見ているということになろう。重吉はほかの馴染みの男たちのように、気安く女たちをからかったり、酔っぱらって隣に坐った客や、店の者にからんだりすることはなかった。飯を喰いに来るだけで、酒は飲まなかった。

だから、おまちがけしかけるように、重吉のことを言ったとき、おもんもそうかと思ったのである。重吉は昼と時には晩にも飯を喰いに寄ったから、ひとり暮らしだろうという見当はついていた。

しかしそれだけのことで、おもんはおまちが半分は面白がって期待しているように、自分から重吉に近づいたりする気はなかった。しっかりしたひとり者の職人がいる。このひとのかみさんになるのは、どんな娘だろうといった程度の関心を寄せるだけである。重吉という男に、自分を結びつけて考えたことはなかった。

ただ、さっきのように、おまちが気を利かせてくれたりすると、悪い気持はしない。軽い浮いた気持になる。いまも飯を運び終り、ほかの客の世話をしながら、おもんは時どき重吉の方にちらちらと眼を走らせた。そういう様子を、いつの間にかおまちやおすみがちゃんと見ていて、あとでおすみまで一人前におもんをひやかしたりするのだが、それもおもんは悪い気持はしないのだ。だが、やはりそれだけのことだった。

おもんの気持の隅には、自分は出戻りだという、あきらめた気持がひとつある。その気持があるから、なんとなく重吉に眼がいくのも、おまちやおすみの眼から隠そうなどとは思わなかった。男がうまそうに飯を喰っているのをみて楽しむだけである。

「おもんちゃんや」

板場の中から、主人の仙蔵が呼んだ。

「はいッ」

おもんはあわてて盆を抱え直し、眼を重吉から板場にもどした。すると仙蔵がにが笑いをして言った。

「また来てるよ」

「すみません」

「いまいそがしいよって言ったんだが……」

仙蔵は板場の中で、根深をきざむ庖丁《ほうちょう》の音を立てながら言った。

「むこうもいそぎの用らしいや。ちょっと顔出してやんな」

「すみません、旦那」

「長話はいけねえよ」

仙蔵の声を聞きながら、おもんはいそいで板場の横の裏口から外に出た。そこに弟の栄次が立っていた。年は十八だが、おもんよりひとかさ大きい身体《からだ》が、夕映えの空を背に立っているのを、おもんはまがまがしいものをみるように見た。

「姉ちゃん、金持ってねえか」

薄ぐらい光の中にうかんでいる顔は、まだ子供の面かげを残しているのに、声は中年男のようにドスが利いている。

「よくもそんなことが言えるね、おまえ。こないだもおっかさんが留守の間に入りこんで、着物持ち出したっていうけど、いったいどのつらさげてそんなことが言えるんだね」

こみ上げてくる怒りのなかで、おもんはさっきまでのわずかに浮き立った気持が跡形なく消え、真黒いものが心を塗りつぶして来るのを感じた。あたしは、この子のために生涯日がさすまい、と思っていた。嫁入り先のそば屋を離縁されたのもこの弟のためだった。

二

「どこの家にも心配ごとってものは、あるもんだねえ」

肩をならべて歩きながら、おまちはそう言った。栄次がおもんをたずねて来た日から、四、五日たった夜だった。

仙蔵の店は、酒を出すが表むきは飯屋だから、遅くとも五ツ（午後八時）には閉める。客がなければ六ツ半（午後七時）で閉めることもあった。店を開けるのは昼前の四ツ半（午前十一時）ごろだから、通い勤めには楽だった。二人はいま、店の帰りだった。

二人とも家は本所で、両国橋を渡って帰る。

「家なんかもさ。子供はいないし、夫婦で働けば楽に暮らせるのに、亭主が怠け者だしね」

おまちは、おもんがやくざな弟のぐちを聞かせたお返しのように、亭主の悪口をならべはじめた。おまちの亭主は、半端大工だが、ろくに仕事にも出ないで、家にごろごろしているという話を聞いている。

「めんどう見のいい親方でね。仕事なんぞいくらでもあるから出て来いと言うわけ。でも本人に働く気がないんだから、こりゃどうしようもないわ。雨が降っているといっちゃ休み、腰が痛いといっちゃ休みだから、稼《かせ》ぎに出る間なんかありゃしない」

「でも家にいるだけでしょ？　手慰みをするわけじゃないし、女遊びをするわけじゃないんだから、仕方ないいんじゃない？」

「そりゃそうだけどさ。この上女遊びなんかしたら、あたしゃただじゃおかないよ」

おまちはけらけらと笑った。

「そんな甲斐性《かいしょう》はないのよ、うちのひとは。みんなめぐり合わせさ。そういうひとには、あたしのように、家の中にじっとしているのが嫌いな女がくっつくようになってんだから」

おまちは翳《かげ》りのない口調でそう言ったが、前から来た人影をみて、おや、と言った。

二人は提灯《ちょうちん》を下げていたが、それもいらないような月夜だった。それにしても、まだ人通りがある中から、おまちはよく見わけたものだとおもんは思った。人影は重吉だった。

二人が立ちどまったので、気づいたらしく重吉も立ちどまった。

「桶屋さん、どちらまで？」

おまちは気軽に声をかけた。

「ちょっと橋向うまでね」

重吉は言ったが、提灯の光がまぶしいような眼をしている。

「そう。あたしらいま帰りなんだけど」

おまちはそう言うと、急にいたずらっぽい顔になっておもんに言った。

「こんな月のいい晩にさ。こんなとこで桶屋さんに会うなんて、めったにないことだよ。お茶でもおごってもらおうか」

「……」

「といっても、あたしは亭主が腹すかして待ってるからだめだわ。おもんちゃん、あんたごちそうになって帰んなさいな」

「あら、何を言い出すんだね、おまちさん」

「いいでしょ、桶屋さん」

重吉は黙って立ったまま、いつものように眼だけで笑っていた。

じゃね、ごゆっくりねと、すっかり気を利かせたふうに背をむけるおまちに、おもんは、困るじゃないか、おまちさんはと声をかけたが、すぐに子供じゃあるまいし、と後を追うことはやめた。子供どころか、一度は男を知った女が、いまさらうろたえることもあるまいとも思った。

いそいで家に帰ったところで、病気の父親と年中暗いぐちばかり言いつづけている母親、それにまだ幼い妹がいるばかり。たまに男とお茶を飲むぐらいのことはしたい。そう思うと、おまちのいたずらが、心をわずかに浮き立たせてくるようだった。

「迷惑じゃないんですか、桶屋さん」

その気持にくすぐられたように、おもんはくすくす笑いながら言った。

「あっしはかまわねえが、でもおどろいたひとだな」

「ほんとに」

「じゃ、せっかくああ言ってくれたんだから、そこらでお茶でも飲みますかい」

重吉は橋の方を振りむいて言った。

「ほんとに、お茶でいいんですかい」

「ええ、お茶でけっこうよ」

おもんはきっぱりと言った。酒でなくていいのかと聞いたのだとわかったが、男と一緒だからといって、そこまで浮かれようというつもりはない。ほんの少し、息抜きをしたいだけだった。

重吉は先に立って、さっき来た道をもどり、両国橋の手前で、右手の河岸に曲って行った。そのときになって、おもんはいくらか胸に不安が萌《きざ》すのを感じた。先に立って歩いている重吉から、かすかに酒気が匂って来るのに気づいたからであった。

だが重吉は振りむきもせずに暗がりを通りぬけ、きらびやかに軒行燈《のきあんどん》をつるしている店がならぶ一角に出た。河岸の水茶屋の前だった。

昔は簀囲《すがこ》いの腰かけ茶屋だったものが、いまは二階建ての居付きの店に変り、その二階では酒も出すといわれている。そういう一軒の店に、重吉は軽くおもんを振りむいてから入って行った。

時刻が早いせいで、店にはまだかなりの客がいて、中に入ると、客の話し声がざわめきになって耳に入って来た。

「ほんとに迷惑じゃなかったかしら」

緋毛氈《ひもうせん》を敷いた腰かけに坐り、お茶をもらってからも、重吉が黙ってお茶をすすっているだけなので、おもんは思わずまた言った。

「いや」

重吉はおもんを見返して、眼で笑った。だがそれだけで、また茶碗を取りあげた。いくら無口だって、これじゃ話の継ぎ穂もないわとおもんは思った。だがそう思う一方で、重吉と二人きりで水茶屋にいるなんて、夢のような成行きだとも思っていた。

「川向うに、お家があるんですか」

とおもんは言った。

「いや、知り合いでさ。昔の友だちでね」

「そう」

それでまた話がとぎれたかと思ったら、重吉が不意におもんを振りむいた。

「こないだ、へんなところを見てしまったんだが……」

「……？」

「裏口のところで、あんた男のひとと言い合いをしてなかったかね」

「あら」

と言って、おもんは赤くなった。

「見られちゃったの？　男って、あれ弟ですよ」

「へえ」

「なりばっかり大きくて、親泣かせ、きょうだい泣かせの極道者でねえ」

そこまで言って、おもんは口をつぐんだ。赤の他人に身内のぐちを言っても仕方ないと思ったのである。

栄次は十四、五のころから、悪い仲間がいた。徒党を組んで店先のものをかすめとったり、女の子を脅《おど》して家から金を持ち出させたりし、そのたびに亀沢町の裏店《うらだな》にいる親のところに、人がどなりこんで来た。その筋に訴えると言われたこともある。

だが手慰みをおぼえ、賭場《とば》に出入りして、そこの使い走りをするようになったのは、父親が病気で寝ついてしまった二年前からだった。栄次は、それまでまがりなりにも勤めていた奉公先の経師屋をやめた。夜も家を明け、たまに帰って来ると、家の中から金になりそうな物を持ち出した。

おもんが離縁されたのも、栄次のせいである。ある日、人相の悪い男が二人、嫁入り先のそば屋にやって来て、栄次が五両の借金をつくったが、金はこちらからもらえと言われて来たと言った。

おもんがきっぱりはねつけると、男たちは店の中にいた客が、みな逃げ出したほどの大声を出して荒れ狂い、飯台をひっくり返し、丼を土間に叩きつけて割った。そのときは舅《しゅうと》が五両を出しておさまった。

しかし、二度目に男たちがやって来たとき、おもんは男たちの眼の前で、掛けていた前垂れをはずすと、家の者に頭をさげ、これ以上迷惑はかけられません、今日かぎりおひまを頂きます、と言った。誰もとめなかった。二度目があれば、三度目があることが、誰の眼にも見えたのである。もともと気の弱い夫は、釜《かま》のそばで、壁の方を向いたきりだった。

おもんは、男二人を店の前に連れ出すと、これでこの家とは赤の他人になったが、あたしは弟の借金など一文たりとも払いません。それが気にいらなかったら、あいつの腕を折るなり足を折るなり勝手にしておくれ、とたんかを切った。

眼の前が暗くなるような怒りに襲われていた。弟など死んでしまえ、と思った。おもんの見幕に気圧されたようににやにや笑っている二人の男を残して、おもんは後も見ずに嫁ぎ先のそば屋から立ち去った。

そば屋には、あとで近所の者を頼んで、荷物を取りにやり、それっきりになった。あらまし一年前のことである。

「いま、いくつですかい」

と重吉が言った。おもんはもの思いから、はっとわれに返った。

「はい？　あたし？」

「いや、弟さん」

重吉は笑いもしないでそう言ったが、おもんは真赤になった。

「ごめんなさい。いま、考えごとをしてたもんだから。十八ですよ」

「十八ね」

重吉は、胸の中で何かを数えるような表情をした。そしてふっと笑った。

「十八なら、親兄弟を泣かせるなんてことは、よくあることでね。極道といっちゃかわいそうだ」

「なにがかわいそうなもんですか」

おもんは、そばを通りかかった女中が、びっくりして振りむいたほど、高い声を出した。そして自分の声におどろいて、あわてて小声になった。

「家の物は持ち出す、あちこち借金をこしらえて、その取り立てをこっちに回してよこす。あたしはそれで嫁入り先にいられなくなって、飛び出したんですよ」

ああ、こんなことまで言っちゃって、と思ったが、おもんは思い切り自分をいじめてしまいたい気持に駆られていた。

「おとっつぁん、おっかさんが、たった一人の男の子だからって、甘やかしたのがいけなかったんですよ。親を泣かせるたって、そんじょそこらにいる道楽者とはわけが違います。十八で博奕《ばくち》打ちですよ。家の者はみんな、いっそ病気になって死んでくれないもんかと言ってるんです」

やっぱりぐちを言ってしまった、と悔やみながら、おもんは残っていたお茶をのみ干した。身内の恥をさらしてしまったことで、重吉に抱いていたほのかな気持にもさっぱりと幕が降りた気がした。さびしい気もしたが、気分はむしろさっぱりした。

「ごちそうさま」

わざと快活な声で言って、おもんは立ち上がった。

「つまらない話を聞かせて、ごめんなさいね」

「いや、言い出したあっしが悪かったさ」

と重吉は言った。

二人は水茶屋を出て、橋の方に引き返した。月はますます明るくなって、橋の上に動いているひとの顔まで見えた。

「じゃ、あたしここで」

橋に踏み込んだところで、おもんが頭をさげると、重吉がもう少し送って行こう、と言った。

——あわれまれている。

と思ったが、重吉の心づかいがうれしかった。おもんは重吉によりそって歩いた。どうせひと晩だけの、小さい思い出になるのだと思っていた。

橋を渡り切るところまで行ったとき、前から来た三人連れの男が、二人をからかって通りすぎた。そのまま行きすぎるかと思ったのに、立ちどまって、今度はうしろからしつこい声を浴びせてくる。おもんが思わず耳をふさぎたくなったほど、野卑な言葉を投げつけて来た。三人とも酔っていた。

すると、突然重吉がつかつかと男たちの方に引き返して行った。おもんはびっくりして声をかけた。

「喧嘩、しないでよ」

だが見まもっていると、重吉は喧嘩なんかしなかった。身構えて待っている男たちの前に行くと、低い声で何か言ったようである。すると、それだけで男たちは、急におとなしくなって、こそこそと背をむけて立ち去って行った。

「何を言ったの？」

もどって来た重吉に、おもんはあまりに不思議でそう聞いたが、重吉は黙って顔をほころばせただけだった。

「じゃ、ここで」

橋のたもとに降りると、重吉はあっさり言ったが、不意におもんの手をとって握った。

「だいぶ辛そうだが、世の中をあきらめちゃいけませんぜ。そのうちには、いいこともありますぜ」

そう言うと、自分の言葉にてれたようにもう一度笑顔をみせると、不意に背をむけて、すたすたと橋を遠ざかって行った。

駒止橋を渡って、回向院《えこういん》そばの道に回りながら、おもんは重吉に握られた手をそっと撫《な》でた。

「手なんか、握ってくれなきゃいいのに」

おもんはひとりごとを言った。手を握られたって、どうしようもないのだ。貧しい家、病気の父親、いつもおどおどとおびえている母親の姿を、おもんは思いうかべた。その上に、うっとうしく暗い、やくざな弟の影が覆いかぶさっている。

重吉はあんなことを言ったが、これから何かいいことがあるとは思えなかった。おもんは、思いがけなく男と過ごした短いときを振り捨てるように、小さく頭を振った。

──でもあのひと、さっき何を言ったのだろう？

家の近くにもどってから、おもんはふっと、橋の上で酔った男たちを軽くあしらった重吉のことを思い出していた。

三

「おもんじゃねえか」

突然うしろから声をかけられた。振りむくと、元の亭主の辰蔵が立っていた。おもんは顔をそむけて橋の方にいそいだ。だが足音が追いかけて来た。

「おい、待ちなって」

袖をつかまれそうになったので、おもんはやっと足をゆるめた。

「あたし、いそいでいますから」

「そうか。どこかに働きに出てんのか」

なにをいまごろ、よけいなお世話だろとおもんは思った。

そば屋をとび出したものの、おもんは一度ぐらいは辰蔵が家をたずねて来るのではないかと、心待ちにしていたのだ。それがたった三年とはいえ、一緒に暮らした夫婦というものだろう、と思ったのである。

だが、辰蔵は一度も姿をあらわさなかった。荷物を取りに行った者にも、これ幸いと荷物をまとめてよこして、伝言ひとつなかった。やくざな弟をおそれているには違いなかったが、あんまり不人情な仕打ちじゃないかとおもんは思ったのだ。

「仕方がないんだよ、家がこんなふうになったからね」

母親がそう言った。おもんの父親は、五、六年前までは一応は表店に住む大工で、そのころ辰蔵の父親と知り合った。それでおもんと辰蔵の縁談もまとまったのだが、おもんが嫁に行く前後から父親は身体をこわし、しじゅう寝こむようになった。稼ぎがなくて、医者の薬代がかさむものだから、ろくにたくわえもない家は、あっという間に苦しくなり、やがて借金のかたに家を取られて、いまの裏店に越したのである。

母親はそれを言っている。そうだとすれば、そば屋にとっては、弟の栄次のひっかかりはいい口実だったかも知れない。

おもんはそこまでは考えたくなかった。夫婦の絆《きずな》というものを信じたかった。だが辰蔵の仕打ちをみると、母親が言うことを信じないわけにはいかなかった。

おもんは、別れてから少し肥ったようにみえる辰蔵の顔を、他人を見る眼で見返した。

「何か用なの？」

「用ってわけじゃないよ。ただ姿を見かけたもので、あれからどうしてるかと思ってよ」

「べつに、あんたに心配していただかなくともいいわ。だれのお世話にもならず、たべてますから」

「栄ちゃんは相変らずかい」

「相変らずよ。あんた、よかったわ。ほっとしたでしょ、あたしと縁が切れて」

いや味な言い方をしている、と思った。だがおもんは、胸の奥から少しずつこみ上げてくる怒りを押えられなかった。

通るひとがじろじろ二人をみるのに気づいて、おもんは橋の欄干に身体を寄せた。辰蔵がついて来た。

「あたしもほっとしているの。栄次のことがなくたって、家がすっかり貧乏になったしね。あのままおいてもらったって、一生肩身狭い思いをするに違いないもの。いまは貧乏は貧乏でも気楽」

「おまえ、それは言い過ぎだよ」

辰蔵は、気圧された表情で言った。辰蔵はおとなしい男で、親にも口答えひとつ出来ないたちだった。丸く血色のいい顔に、困ったようないろをうかべている。

「栄ちゃんのことさえなければ、誰もおまえ……」

「もういいの、済んだことなんだから」

おもんはきっぱりと言った。眼の前の男に何の未練も持っていなかった。辰蔵をみているると、むしろ夫婦というものは、こんなあっけないものだったかと思えてくる。善良な眼をした、丸顔の男はただの他人に異ならなかった。

辰蔵とすごした夜のことがふっと頭を横切ったが、それも何ということもなかった。いつも物音を気にし、おずおずと手を触れて来た男。そんなことがあったかと思うほど、記憶が淡くかすんでいる。

「それより……」

おもんは薄笑いをうかべた。

「あたしのことなどさっさと忘れて、新しい嫁さんをさがしてくださいな」

「そのことなんだ」

辰蔵はいっそうおどおどした顔になった。

「じつはおれ、嫁をもらうことに決まってね」

「へえ？」

おもんは絶句した。ようやく言った。

「それはおめでたいじゃないの。でもそれだったら、あたしを呼びとめたりしない方がよかったわね。誰がみてるかも知れないんだから」

「……」

「昔の女房と話してたなんてことが聞こえたら、相手のひとに悪いじゃないの」

「いや、ちょっと姿を見かけたもんだから」

辰蔵は口ごもった。

「ひとこと様子を聞かなくちゃ、悪い気がしたもんでね。それに、嫁をもらうということも、お前にことわらないと……」

「悪い気がしたというのね。どうもありがと」

そう言ったが、おもんは顔色が青ざめるのを感じた。冗談じゃないよ、と思っていた。

「じゃ、あたしこれからお店に行くから、ここで……」

「おもん」

辰蔵が追いすがって来た。

「おれ、嫁をもらってもいいんだな」

「どうぞ」

おもんは振り返りざまに、斬りつけるように言った。

「もとの女房でございますなんて、あんた方の前にあらわれたりしないから、心配しないでよ」

「そうじゃないよ、おれは……」

辰蔵がまだなにか言いかけるのを振り切るようにして、おもんは人混みの中にまぎれこんだ。

歩いているうちに、おもんの眼に涙がにじんできた。

――あの、うすらバカ。

胸の中で、辰蔵を罵《ののし》った。なにも新しい嫁をもらうからと、ことわりを言うことはないじゃないか。どいつもこいつも、あたしをバカにしやがって。

おもんは興奮して、人をかきわけるようにして道をいそいだ。しかし辰蔵は、嫁をもらう前に、もう一度あたしの気持をたしかめたいと思ったのかも知れない、と気づいたのは、橋を渡り切って、米沢町の町並みに入ってからだった。

だがそう気づいても、それは何の慰めにもならなかった。気持をたしかめるといったって、たとえばそのうちもどりたいと思っているなどと言えば、辰蔵は卒倒もしかねない男なのだ。

――ただ、心がやましいから……。

あたしの許しをもらいたいだけだったのさ、と思うと、それでやっと辰蔵の気持を読み切ったという気がした。索漠《さくばく》としたものが、胸の中を吹きぬけて行った。

未練など、さらさらない男だった。それなのに、気持が妙にさびしい方に流れて行くようだった。やましさなどという、何の役にもたたない気持にしろ、一人の男がこれまで自分を気づかっていたことはいたのだった。それすら、いま消えてしまったのがさびしいのかも知れなかった。

許しをもらって、羽根がはえたように飛んで帰って行く男のうしろ姿がみえるようだった。朝っぱらから、いやな話を聞いたと思った。今日も、ろくな日にならないだろう。いよいよひとりぼっちになったような、暗い気持を抱いて、おもんは店にいそいだ。

四

のれんをわけて、男が二人店の中をのぞきこんだ。そしておもんを見つけると、そのうちの一人が店に入って来ようとした。

おもんは抱えていた盆を板場に置くと、いそいで男を押しもどすようにしながら、店の外に出た。昼めしどきで、店の中が混んでいた。重吉も客の中にいて、そういう自分をじっと見送っているのを感じ、おもんは頭に血がのぼった。

「また、何か用なんですか」

おもんは男たちを叱りつけるように言った。二人は家にもそば屋にも顔を見せた、賭場の男たちである。

「ここは堅気がおまんまを喰べる店ですからね。あんたたちのようなひとに、顔を出してもらいたくないよ」

「こいつはご挨拶だ」

男たちは顔を見あわせて苦笑したが、一人がすぐに言った。

「ちょっと、困ったことが起きてよ」

「栄次のことなら、もう聞く耳もたないよ。まずいことがあったら、焼くなり煮るなり勝手にしておくれ。あいつが死んだら、家じゃ赤のまんま炊いて祝おうと思ってんだから」

「ところがそうはいかねえんだ」

馬のように長い顔をした男が、おもんの言葉をさえぎった。

「今度は野郎、賭場の金をつかいこんじまった。三十両という大金だぜ」

「……」

「姉貴に来てもらえ、と親分が言ってなさる。もしおめえさんがいやだと言ったら、家へ行っておふくろさんをしょっぴいて来い、とえらい見幕だ」

「あたしゃ、そんなとこに行くのはいやだよ。いまいそがしいんだから」

「こっちもいそがしい。じゃおふくろを連れて行くが、それでいいか」

「ちょっと待って」

とおもんは言った。だが考えるまでもなかった。母親をそんなところにはやれない。

おもんは手早く襷《たすき》と前垂れをはずした。

「ちょっと待って。いま旦那にことわりを言ってくるから」

おもんは店の中にもどって、仙蔵にことわりを言った。おまちがどうしたの？　と心配そうに寄って来たが、話しているひまはなかった。急用が出来た、とだけ言って、すぐに店をとび出した。

——きっぱり話をつけて来る。

とおもんは思っていた。あのろくでなしと、家とはもう何のかかわりもない。家には一文の金もない。あいつのことなら、どうぞそっちで勝手に処分してくれと言ってやる。おもんは怒りにもえて、男たちのあとからついて行った。

連れていかれた場所は、一ツ目橋を南に渡ったところにある、御舟蔵前の町だった。

賭場ではないらしく、ただのしもた屋にみえた。おもんはその家に連れこまれ、八畳ほどの誰もいない部屋に入れられた。

人声も聞こえず、無人のように静かな家だったが、やがて遠くから人の足音が近づいて来たと思うと、襖《ふすま》を開いて五、六人の男が入って来た。その中に栄次がいた。

「あんたが栄次の姉《あね》さんか」

正面に坐った、肥った男がそう言った。五十がらみの赤ら顔をした男で、鬢《びん》のあたりが白く、さびた声を出した。これが親分だろうと、おもんは見当をつけた。

思ったよりやさしい眼をしている、とおもんは思った。親分の眼は、皺《しわ》の間から少し眠そうにおもんを眺めている。

「使いの者に聞いたろうが、栄次が不始末をしでかしてな。それで姉さんに来てもらったんだ」

おもんは、囲まれるようにして男たちの間に坐っている栄次を見た。

栄次はかなり折檻《せっかん》をうけたらしく、頰がむらさき色に腫《は》れ、額のあたりに血がにじんだひどい顔をしている。髪も乱れたまま、悄然《しょうぜん》とうつむいている姿が、急に大人びてみえた。

おもんは不意に胸を衝かれたような気がした。厄介者だ、人でなしだと汚いものをみるような眼で見、なるべくそばに寄らないようにし、姿が見えなければほっとしていた。家の者がそうしている間に、弟は引き返すことが出来ないところまで来てしまったようだった。そこに坐っているのが、知っている弟ではなく、見も知らぬ悪党の一人のようにみえたことが、おもんをぎょっとさせたのである。

小さいころは、姉ちゃん姉ちゃんとよくまつわりつく子だったのに、と思ったとき、栄次が顔をあげておもんを見た。だが何も言わずに、青ざめた顔をそむけるようにして、眼を伏せてしまった。

親分が、何か言っている。

「え？」

「だから、今度はそうかじゃすまされねえと言ってる。三十両の金をどうして返してくれるね」

「お金なんぞ、家には一文もありゃしません。弟といってもね、親分さん。栄次は勘当したも同然の子です。こんなろくでなしの面倒をみられるわけがないじゃありませんか」

「いや、今日はそんなごたくを聞きたくて来てもらったわけじゃねえ」

やさしい眼をしたまま、親分はそう言った。

「どうしても返してもらわなくちゃならねえから、こうして呼んだのよ」

「だから、それは弟から取ってください」

「栄次から」

親分は笑った。

「こうしてぶっ叩いてみたが、ビタ一文こぼれちゃ来なかったぜ」

「死ぬまでこき使ってくれればいいのですよ。それが気にいらなきゃ、斬るなり突くなり勝手にしてくださいと申しあげてるんです。とにかく、家の者が迷惑をこうむるのは、もうごめんですよ」

「おう、吉よ」

親分はおもんの言葉には取りあわずに、男たちに声をかけた。

「この女、いくらで売れそうかい」

「さいですな」

痩《や》せて顔色の悪い四十男が答えた。

「出戻りだというし少しトウが立っているが、器量は悪くございませんから、ま、三十両そこそこには……」

「冗談じゃないよ」

おもんは立ち上がった。すると一人の男がすばやく立って来ると、肩を押さえつけておもんを坐らせ、もう一人が襖ぎわまで行って、逃げ道をふさいだ。

「ちょっと、その書きつけに、おめえさんの爪印をもらおうか」

親分が何でもないことのように言うと、さっきの顔色の悪い男が寄って来て、おもんの前に、何か書いた紙をひろげた。おもんは立ち上がろうともがいたが、うしろから肩を押さえている男の力が強くて、身動き出来なかった。顔色の悪い男が、おもんの指に印肉をつけようとしたので、おもんは悲鳴をあげた。

すると、その悲鳴が聞こえたように、うしろの襖が開く音がし、つづいて人が倒れる物音がした。おもんの身体は急に軽くなった。振りむくと、重吉が立っていた。

「なんだ、なんだ、てめえは」

男たちが総立ちになって怒号するのにかまわず、重吉はぴたりと親分の前に坐ると、懐に手を入れて紙包みを引っぱり出した。

「ここに八両ごぜえやす」

紙包みを押しやってから重吉はそう言った。

「あとは少し待ってもらえませんかね」

「待つ？　おめえさんが三十両の金を払おうってのかい」

「さいでござんす」

「おめえ、この女の何だい？」

「へい、連れ合いでござんす」

「栄次には、そんなことは聞いてねえな。ま、いいや。で、残りはいつ返す」

「あっしはしがねえ桶職人でござんすから、とても一度にというわけにはいきません。ま、ちびりちびりと」

「ふざけたことを言いやがる」

と言ったのは、親分ではなく、別の男だった。

「親分信用しちゃいけませんぜ。そんなのを待ってる間に、女とドロンを決めこまれたりしたら、今度こそ取るものは何にも残らねえ」

坐ったまま、重吉がじろりとその男を見上げた。そして袖に手をひっこめると、いきなりもろ肌ぬぎになった。男たちがどよめいた。重吉の肩には無数の傷あとが黒く刻まれている。この男が、かつて敲《たた》きの刑を受けたことを、傷あとが示していた。

重吉は左腕に巻いている布をはずした。するとその下から青黒い入墨があらわれた。

「ごらんのとおり、あっしも素っ堅気というわけじゃござんせん」

気をのまれたように、ひっそりと自分を見つめている男たちを見回しながら、重吉が言った。

「仁義を欠くような真似はしません。信用してもらいてえ」

「おめえ、他国者だな」

薄気味悪そうに入墨を眺めながら、親分が言った。

「素姓は何だい？　盗っ人か」

「いえ、あっしは桶職人でござんすよ」

と重吉が言った。


三人でその家を出ると、秋の日が傾きはじめていた。河岸まで出ると、御舟蔵の影が地面に倒れかかっていた。

「いや、助かったぜ」

不意に、栄次が二人を振りむくとにやりと笑った。

「姉貴に、こんな頼もしいひとがついていたとは知らなかったなあ。ま、これからもよろしく頼まあ」

そう言った栄次の前に立つと、重吉はいきなり頬を張った。ぐらりと傾いた栄次の肩をつかむと、今度は腰車に掛けて、したたかに地面に叩きつけた。

「いいか、よく聞け」

　重吉は倒れている栄次に、指をつきつけて言った。

「このひとにつきまとうな。親たちにもつきまとうな。てめえの身は、てめえで始末しろ。お前さんはもう、十分みんなに迷惑をかけた。また今度のようなことがあったら、そのときは、ただじゃおかねえ」

　ようやく立ち上がった栄次の顔に、濃いおびえの色が浮かんでいる。栄次は尻さがりにうしろへさがった。

「もうひとつ言っておく。いまのように世の中をなめて暮らしていると、そのうちに死ぬぞ」

　その声に突きとばされたように、不意に栄次は走り出した。こわいものから逃げるように、まるくなって河岸を走り、町角を曲がって姿を消した。

「少しきついことを言ったが……」

　おもんを振りむいて、重吉が重くるしい声で言った。

「あれぐらい、つき放さないと、本人のためにならねえのです。一人前の男なら、ひとりになったら自分で立ち直るはずでさ」

「いいの。ああ言ってもらった方がいいの」

いまのようなことを、誰も言ってやらなかったから、弟はあんな人間になったのだ、とおもんは思った。

――でもこのひと、一体何者かしら？

おもんは並んで歩いている重吉の横顔を盗み見た。腕の入墨、橋の上で、酔っぱらいに何か言ったことなどが、ちらちらと頭を横切り、おもんは重吉のことは何もわかっていないという気がする。

だがそれとはべつに、もうひとりぼっちではないという気もこみあげて来た。いまごろになって、やっと遅いしあわせが訪れて来そうな予感に、おもんは胸がふるえる。

重吉が親分に、連れ合いだと言ったひと言を思い出し、おもんは顔を赤らめて重吉に寄りそって行った。

運の尽き

一

両国の水茶屋「おさん」。おさんというのは、軒をならべているこのあたりの水茶屋がまだ葭簀《よしず》張りだったころ、看板娘でならしたこの店の女主人の名前だが、そのおかみ本人はそろそろ五十に手がとどく女で、時おり奥から出て来て釜のそばに立っても、馴染《なじ》みでもなければめったに振りむくひともいない。

その店の隅が、若い男たちのたまり場になっていた。顔ぶれはいつの間にか決まってしまって、多いときは六、七人、少ないときは三、四人で、いつも同じ顔がそこにとぐろを巻いて、ひそひそと何か相談ごとにふけったり、入って来る客の品定めでもする様子で、無遠慮な笑い声や奇声を挙げたりする。

客商売だから、おかみも気にして、そういうときは隅まで足を運んで男たちをたしなめる。そうすると、男たちは大ていは神妙にあやまって静かになるのだが、おかみの虫のいどころが悪くて、言い方が険悪になったりすると、男たちも歯むかって、おれたちも客だぜと凄《すご》んだ。

そう言っても、この連中は町のダニというほどの悪《わる》ではない。背が高くて顔色が青白く、物言いもしぐさも気取っている若い男は、おかみも知っている米沢町の蠟燭《ろうそく》問屋の伜だし、身体《からだ》つきががっしりして、真黒な顔の男は平右衛門町角の便利屋の三男坊である。大方はこの界隈《かいわい》の若い連中で、素姓が知れていた。

男たちは、「おさん」をたまり場にして、そこで若い女をひっかける相談をしたり、金の算段がつくと、そこから連れだって橋向うの岡場所へくりこんで行ったりする。どこか小博奕《こばくち》を打たせる場所があるらしく、ひそひそとそんな話をしていることもあった。

「おさん」のおかみは、その若い連中が店をたまり場のようにしているのを困ったことだと思っていたが、ほかの客の迷惑になるほど羽目をはずさなければいいさ、とも思っていた。

若い時分というものは、無鉄砲なことをやるものさ、とおかみは思っている。二十前後になると、生意気に世間の仕組みも自分自身も、みんなわかったつもりになって、親をないがしろにし、世間に歯むかってしたい放題のことをやるが、本当に自分や世の中がわかって来るのは、女房をもらい、子供のひとりも生まれるころからなのだ。若いうちはそれが見えない。

あたしだってそうだったんだから、とおかみは、店の隅をたまり場にしている若い連中に、わりあい寛大な気持を抱いていた。ただあんまり無茶なことをしなければいいが、と男たちの若さを危うんでいた。


だがじっさいには、「おさん」にあつまる若い連中は、おかみが思っているより、もう少し悪いことをしていたのである。

「あたしだって、そうそう金がつづかないよ」

と言っているのは、蠟燭問屋金井屋の若旦那信太郎だった。

「こないだなんか、金箱に手ェ突っこんだところを親爺《おやじ》に見つかってさ。勘当の何のって、そりゃ大さわぎしたんだから」

信太郎は女のような声で、しかもほとんど表情を動かさずにしゃべっていた。

「そりゃそうだ。信ちゃんにばっかりおんぶするのは、考えもんだぜ」

平べったい顔で、ちょっと受け口の男がそう言った。

「遊ぶ金ぐれえ、てめえで工面しなくちゃ」

「博奕打つ金は、何とかなるんだ。不思議にな」

と便利屋の息子が言った。

「そいでよ。賭場《とば》でもうかれば、どうてことはないんだよな。一度だけ、おれ大もうけしてよ、みんなに常盤《ときわ》町の女をおごったことがあったよな」

便利屋の息子が見回すと、みんながうなずいた。今日集まっているのは五人だった。息子は満足そうにうなずいたが、すぐに頭をかいた。

「ところが、そんなうまいことは年に一度ってもんだからな。やっぱり信ちゃんがいねえとよ。女にまでは手がとどかねえもんな」

「ウチに泥棒に入る度胸があるかい？」

と信太郎が言った。こういう悪いたくらみを無表情にさらりと言ってのけるところに、かえってこの男のきざっぽい性格が出ていた。

「あたしが手伝うってわけにはいかないけどさ。直ちゃんや芳蔵に、やってみようって気があるなら、手引きはするよ」

「こわいことを言うよ、このひとは」

芳蔵と呼ばれた、肉のうすい平べったい顔をした男が、迎合するような笑い声をたてた。

「しかし何だよな、この中で一番の悪党は信ちゃんかも知れねえな」

「そっちの二人はどうだい？　乗ってみる気はないかね」

図に乗って信太郎が言った。一人は何とも言わずに、あいまいに笑ったが、もう一人は、そんな危ねえ話に乗れるかよ、と言った。撫で肩のほっそりした男だが、いい男ぶりをしている。

その男はせせら笑うように言った。

「おれは直や芳蔵のように、女に不自由はしてねえよ。参ちゃん小遣いやろうかって、寄って来る女を振りはらうのに苦労するぐらいのもんだ。遊ぶ金欲しさに、泥棒をやる気はねえよ」

「おめえはそうだろ。たらしの参次というぐらいだから」

芳蔵は尖《とが》った声を出したが、ふと口調を変えて言った。

「こないだの女、どうした？　ほら、この店で見かけて、おめえが後を追って行った、ぽちゃぽちゃした娘」

「いただきよ」

男ぶりのいい男は、胸をそらして軽薄な笑い声をたてた。

「あのあとで、ちょいと飲めるところに連れこんで、ものにしちまった。見こんだとおり生娘でよ。器量はちょいと落ちるが、胸のへんの白さっていったらなかったぜ」

「ちきしょう、たまんねえな」

便利屋の息子が胸をかきむしった。

「それで、どうしたい？　まだつづいてるのか？」

「いや、そいつが聞いてみたら、どっかの米屋の一人娘でよ。一人娘ってえのはやばいからな。いっぺんこっきりでおさらばしたさ」

「もったいねえことをしやがる」

「あんたらも、気をつけな」

と、たらしの参次が言った。

「一人娘ってえのは、さばけねえのが多いもんだ。ねんねで育ってるからな。前に一度、出来ちゃったら親に会ってくれってつきまとわれてよ、逃げるのに汗かいたことがある」

たらしの参次が、女の扱いでひとくさり教訓を垂れているとき、男が一人店に入って来た。五十近い齢《とし》ごろにみえる大男だった。

二

男は入口のところで店の中をじろじろと見回していたが、隅にいる若い連中に眼をとめると、急にずかずかと寄って来た。そばに来たのをみると、身なりは商人だが、ひげづらの雲つくような大男だった。

見上げている五人に、その男が言った。

「この中に参次郎さんというひとは、おいでですかね」

声も大きかった。五人は気をのまれたように黙って男の顔を見たが、やがてたらしの参次が、虚勢を張った声で答えた。

「おれだよ。そういうあんたはどなたですかい」

「あたしゃ、おつぎの父親です」

そう名乗って、大男はにたにた笑った。身体に釣りあって、男の眼鼻も、口も大きかった。愛想のいい顔ではない。無精ひげに埋まった大きな口が笑うと、かえって凄味のある顔になった。

男たちは、いっせいに参次郎を見た。その中で、参次郎の顔が白くなった。

「あんたが参次郎さんなら、折入ってご相談したいことがありましてな。ちょいと一緒に来ていただけますかな」

「……」

「外で、娘も待っております」

「おつぎなんて女は、おいら知らねえよ」

青い顔で参次郎が言った。

「おじさん、何か勘違いしてんじゃねえのかな」

「おとっつぁんと呼んでもらいたいもんだ」

と男は言った。にたにた笑いがひろがって男の眼は糸のように細くなった。

「なに、はずかしがるにはおよびませんよ。若い者にはよくあることでな。あたしなんぞも、いまの嬶《かかあ》をもらったときは、もうおつぎが腹の中に入ってて、腹ぼてれんの花嫁でした、ハッ、ハァ」

と男は一人で笑った。

「あんたのことは娘から残らず聞きました。あれを気に入ってくれたそうですな。縁というのは、まったくどこにあるかわかりませんな」

「……」

「なにしろ一人娘で、いい婿をと長年さがして来ましたが、帯に短し、襷《たすき》に長しというぐあいでして。これで、ま、ひと安心というものです」

「婿だって?」

「はあい。ともかく家までおいで頂いてな。あんたさんは職人さんだそうですが、そちらのあと始末はどうしたらいいのか、そのあたりをさっそく相談させてもらわないと」

「いやだ」

参次郎が尻ごみした。だがそこは板壁で、すぐに背中が壁についてしまった。

「冗談じゃねえよ。おれはまだ二十二だ。いまから米屋の婿におさまる気はねえよ」

「いいじゃないの、参ちゃん。米屋さんの婿なら立派なもんじゃないか」

信太郎が、女のように気取ったやさしい声で言ったので、みんなはどっと笑った。

参次郎と信太郎の言葉で、ようやく事情がわかって来たのである。

眼の前にいる大親爺が、さっき参次郎がとくとくとしゃべっていた、米屋の一人娘の父親に違いなかった。たらしの参次と呼ばれて、女をひっかけるのを生き甲斐《がい》にしている仲間が、どうやらひっかける相手を間違えたらしい。

そう思ったが、仲間は、まさか参次郎が、はいそうですかと、このまま米屋の婿になるとは夢にも思っていない。とりあえず弱り切っている参次郎の立場がおかしく、またこの大男から、どうして逃げ切るつもりか、と考えて笑いを誘われたのである。だが、米屋の親爺は笑わなかった。かえってさっきのにたにた笑いをひっこめて、じっと参次郎を見た。

「冗談だと？」

親爺は男たちが腰かけたり、毛氈《もうせん》の上にあぐらをかいたりしている場所に、一歩踏みこんで来た。

「おいこら、若い衆」

親爺は、急に言葉まで乱暴になった。

「お前さん、冗談でウチの大事な娘をなぐさんだというのかね」

「まあ、まあ」

便利屋の直吉が、間に割って入った。直吉も肩幅が広く、いい身体をしているが、米屋の親爺の前に立つと、まるっきり見劣りがする。

だが直吉は、両手を腰にあてて言った。

「冗談てのは言葉のアヤだよ。とっつぁん。参次郎のやつ、あんまり急な話を言われてびっくりしてやがるんだ。だから、ここはひとつじっくりと……」

「お前さんに話しちゃいないよ」

米屋の親爺は、うるさいものを振りはらうように、腕をひと振りした。松の枝のように、ごつごつして赤黒い腕だった。その腕のひと振りで、直吉はたわいもなく毛氈の上にひっくりかえると、板壁に頭をぶっつけた。

男たちは息をのんだ。親爺がもうひと足踏みこんで来たとき、参次郎がその腋《わき》の下をかいくぐって逃げようとした。だが、親爺は敏捷《びんしょう》に参次郎のうしろ帯をつかまえた。

「ともかくな」

親爺は、やさしい声で言った。

「いっぺん、家に来て頂かないことにゃ、話がすすまないからねえ」

「どうしたのさ、大きな音をさせて」

不意におかみの声がした。客は遠い席に二、三人いるだけだが、逃げそこねた参次郎が、腰かけにぶつかってひどい音を立てたので、気にしてやって来たらしかった。

「おや、おさんちゃん、薬研堀《やげんぼり》の小町娘」

振りむいた親爺が言った。

「あんた、まだ店に出てるのか」

「なんだ、いやに大きなひとがいると思ったら、利右衛門さんじゃないか」

何十年ぶりに小町娘などと言われて、おかみはつやっぽい声を出したが、すぐに眉をひそめて、帯をつかまれている参次郎を見た。

「どうしたんだね。その若いひとが悪いことでもやったかえ？」

「そうじゃないよ」

親爺は上機嫌で答えた。

「ちょっとこのひとと相談事があってね。いい相談事だから、心配はいらないよ」

「そんならいいけど」

心配はいらないと言われて、おかみはよけいに心配になった顔つきで言った。

「乱暴はいけないよ。乱暴なことはやめておくれ」

「あいかわらずの心配性ですなあ。近ごろのあたしはおとなしくて、女房に叱られ、娘に叱られて借りて来た猫みたいにしているのを、ご存じないらしい。ハッ、ハァ」

親爺は大口あいて笑い、おかみに手を振ると、参次郎をひきたてて店を出た。さすがにうしろ帯をつかむのはやめたが、今度はしっかりと参次郎の手首を握っている。

店を出てしばらく行くと、日暮れて来た道のそばに、若い娘が立っていた。顔も身体もぽっちゃりと肉づきのいい娘だった。

二人を見ると、娘は顔を上げた。そしてうれしそうに呼んだ。

「参次郎さん」

参次郎はじろりと娘をみると、顔をそむけて言った。

「うるせえ」

だが、とたんに親爺がぐっと手に力をこめたので、参次郎は眼を白黒させて言い直した。

「おつぎちゃんか。お迎えごくろうさん」

三

「これを見てくれよ」

参次郎は、芳蔵の前で片肌ぬぎになると、肩を突き出してみせた。男にしては白すぎるほど、色白の肩のあたりが、全体に赤く腫《は》れ上がっている。

参次郎はすぐに肌をしまった。

「こいつは裏の米蔵《こめぐら》に、米俵をかつぎこんだり、そっから店にかつぎ出したりするからだぜ。夕方になると、車力が車で米を運んで来るからな。毎日の仕事だよ。そばにあの親爺が竹の棒もって立ってやがるんだ」

「そいつはひでえな」

　と芳蔵は言った。芳蔵は親の代からの檜物《ひもの》職人で、いまは母親と二人きりの気楽な暮らしをしている。二人は芳蔵の仕事場で話しこんでいた。べつに奉公人がいる家でもないから、二人の話を聞く者はいない。

「しかし、何だろう？」

　と芳蔵は言った。

「米俵かつぐのはきついかも知れねえけどよ。一日中それやってるわけじゃなかろう？　昼の間は店に出るからいくらか楽なんじゃねえのかい？」

「とんでもねえ」

　と参次郎は言って、今度は足をのばすと裾をまくって、足を出してみせた。

「どうだい？　むくんでるのがわかるだろ？」

「どれどれ」

　芳蔵は顔を近づけて参次郎の足を眺めた。

「むくんでるようには見えねえがな」

「むくんでんだよ。腫れてんだよ」

　米蔵の脇の納屋に、米つきの臼《うす》がある。そこで一日中米をついているのがおれの仕事だと、参次郎は言った。

「店になんか出してくれるもんか。下男だよ、下男。それもあの親爺が、割竹を手にしょっちゅう見回りに来るから、足も休められねえ。おれは足も腰もがたがたになっちまった。このままいたんじゃ殺されると思ってな。やっと隙を見つけて逃げて来たんだ」

参次郎は、筆師の奉公を途中でしくじった男で、身よりもいない一人者という境遇をさいわいに、金がなくなれば知り合いの筆師にちょこっと雇われ、倦《あ》きれば休んで、ぶらぶら日を過ごしていた男だった。

つまり絵にかいたような怠け者で、女にこそ手がはやいが、重いものはそれこそそれが仕事の筆より重いものは持ったことがなかったろう。

「ふーん、そいつは大変だな」

芳蔵はつくづくと参次郎の顔を見た。

「でもよ」

と芳蔵は思いついたように言った。

「夜になりゃ、おつぎちゃんといったかい、あのぽちゃぽちゃした娘と一緒の部屋に寝るんだろ？　少しはがまんしなきゃ」

「とんでもねえよ」

参次郎は手を振った。

「娘となんか、口もきいたことがねえよ。むこうも、親爺に言われてるらしくて、そばに寄ろうともしねえんだ」

「何てこった」

芳蔵は笑い出した。

「それじゃ、ただ働きじゃねえか。かわいそうにな。女たらしの参ちゃんと言われた男が、女っ気もなしで、米つきの杵《きね》を踏んでるわけだ」

「おれだって、あんな女にそばに寄られちゃ迷惑だけどよ」

参次郎は、女たらしと言われた男らしく、ちょっと見得を切ったが、すぐに情ない顔になって言った。

「つまり、やっとわかったんだが、あの娘も親爺とぐるなんだ、きっと。まるで下男扱いだって言ったろ？　あの店は人使いが荒いんで、奉公人がなかなか居つかねえそうだよ。おれはつまり、あの親子にうまくはめられたというわけさ」

「そんなら、もっと早く逃げて来りゃ、よかったじゃねえか。まさか、おめえのために、夜も張番を立てやしめえ」

「それが逃げられねえようになってんだよ。寝る時刻になると、あの熊親爺が店の内外を残らず見まわってよ。自分で入口に錠をおろして歩くんだ」

「………」

「一ぺん塀を乗りこえようとしたら、落っこってな。物音に駆けつけて来た親爺に、青竹で尻ひっぱたかれてよ、見てくんな」

参次郎はいそがしくうしろをむくと、くるりと尻をまくってみせた。大きな青痣《あおあざ》が残っていた。

「こいつはひでえや。よくがまんしたな」

と芳蔵は言った。

「だからよ、すまねえが二、三日ここにかくまってくんな」

「いいとも、安心しな。ひでえ親爺だ。もしたずねてでも来てみろ。おれが文句言って追い返してやる」

「ありがてえな。持つべきものは友だちだ」

「二、三日などと言わずに、十日でも二十日でもいてくんな。いくらいてもかまわねえんだが、しかしこのままずっとここに隠れているというわけにもいかねえやな。そのあとをどうするかだ」

「音羽の方に、むかしの兄弟子がいるんだ。そこへ行ってみるよ。いくらあの親爺でも、あそこまでは眼がとどくめえ」

参次郎がそう言ったとき、仕事場の外で、芳蔵のおふくろが、芳蔵、お前にお客さんだよと言った。

「ちょっと行ってくら」

芳蔵は出て行ったが、行ったかと思うとすぐにもどって来た。青い顔をしている。そして芳蔵のうしろから、大きな顔がひょいと仕事場をのぞきこんだ。米屋の利右衛門だった。

「いた、いた」

利右衛門はうれしそうに笑った。

「いやあ、婿がいなくなったもんで、おつぎは泣き出す、ばあさんは怒り出すで、大さわぎだよ。人さわがせするもんじゃありませんよ」

参次郎は立ち上がって、きょろきょろと仕事場を見まわしたが、小さい窓が二つあるばかりで、出口は利右衛門が立ちふさいでいるところしかないと知ると、放心したような顔で、また坐りこんだ。

その参次郎に、利右衛門は太い指をさし出すと、ぴこぴこ動かして、おいでおいでをした。

「おさんばあさんに聞いてな。お前さんの仲間の家を一軒ずつまわって来たんだ。三軒目で見つかったのは運がいい」

利右衛門に連れ出されて出て行く参次郎を、芳蔵は見送らなかった。仕事場にいて、利右衛門が母親にむかって、おじゃまさんでしたな、おっかさんと、上機嫌に挨拶する声を聞いた。

不意に窓の外を、ばたばたと人が走った。芳蔵が窓をあけて首を突き出してみると、走って逃げる参次郎を、利右衛門が鼻息を荒げて追いかけて行くところだった。

だが参次郎は角の肴《さかな》屋の前でつかまった。熊のような利右衛門の手が、しっかりと参次郎の手首をつかみ直すのが見えた。芳蔵は、悪夢を見ているような気がした。

四

二年ほど経った。神田三島町の米屋知多屋の店先で、参次郎が車から米をおろしている。参次郎は米俵をひょいと肩にかつぐと、あぶなげなく腰を決めて、さっさと店に運びこんだ。

ほかに二人、車力と店の奉公人が一緒に仕事をしていたが、参次郎の働きは、二人に見劣りしなかった。二十俵の米を店の隅に積み上げると、参次郎は息を切らしたふうもなく、今度は店の裏に回って、納屋に入った。

縄を切った米俵を、苦もなく抱え上げると、参次郎は臼のなかに玄米《くろごめ》をあけ、杵を踏みはじめた。納屋の中はうすぐらく、杵の音は眠気をさそうほど単調だったが、参次郎は黙黙と仕事をつづけている。

入口に人影が射したと思ったら、若い女の声が、参次郎さんと呼んだ。振りむくとおつぎが立っていた。

「何か用かい？」

参次郎は仕事の手を休めずに言った。

「用てこともないけど」

「用がなけりゃ、帰ってくんな。こっちはいそがしいんだ」

参次郎はそっけなく言ったが、おつぎはかまわずに中に入って来た。

「お仕事大変でしょ？」

「ああ、大変だよ。一日が終ると、身体がくたくたで、女のことなんか考えるひまもねえからありがてえや」

「あたしのことも考えない？」

「さあ、考えないね」

「おとっつぁんが言ってたけど」

おつぎは参次郎のいやみには構わずに、そばに寄って来た。

「参次郎さんも、どうやら一人前の米屋になれそうだから、今度は店の方に出てもらうんだって。帳面づけを仕込んで、だんだん帳場に坐れるようにしなくちゃと言ってたわ」

「一人前だと？　へっ」

参次郎は荒あらしく杵を踏んだ。臼を打ちたたく杵が、すごい音を立てた。

「お米がこぼれるわよ」

とおつぎが注意した。うるせえ、と参次郎は言った。

「おれは米屋になんぞ、なる気はなかったんだ。なんだい、おめえは。親爺とぐるになっておれをこき使いやがって」

「それは何かの考え違いよ」

とおつぎが言った。

「あたしは、おとっつぁんに、参次郎さんを一人前にするんだから、べたべたそばに寄りつくんじゃないって言われたから、そのとおりにしてただけよ。ぐるになってこき使ったなんて、そんな言い方はないわ」

「じゃ、どんな言い方をすりゃいいんだ。いまでこそ馴《な》れっこになったが、はじめの間は肩が腫れ上がってよ、身体はがたがただったんだ。死ぬ思いをしたぜ。一人前にしてもらって、ありがとうございとでも言うかね」

「そりゃ、辛かったと思うわ。あたしも参次郎さんを見てて涙が出たもの」

「ヘッ、調子のいいことを言うぜ」

「でも、おとっつぁんは、参次郎さんのために、よかれと思ってしたことだと思うわ。だって、いまの参次郎さんをみると、そう思うもの。身体が出来て、男らしくなって」

「冗談じゃねえよ」

　参次郎は、杵を踏むのをやめて、台の上からおつぎを見おろした。

「おめえの親爺の肚《はら》はわかってんだ。娘をなぐさみものにした野郎だ、遠慮なくこき使ってやろうってな。みせしめよ。よかれと思ってしただと？　利いたふうなことを言ってもらいたくねえな」

「…………」

「おれだってバカじゃねえや。それぐらいのことはすぐにわかったぜ。だが腕じゃ、あのクソ親爺にかないっこねえ。いまに見てろって、辛抱して来たんだ。いまに、このお礼はしてやるぜってな」

「いまもそう思ってるの？」

「そうよ、あたりきよ」

参次郎はどなった。

「身体がでけえの、何のったって、あいつも年だ。いまにあの親爺を叩きのめして、おれはこの家を出て行く」

「そう」

おつぎがつぶやくように言った。おつぎは肩を落とし、顔からみるみるかがやきが失なわれて行くように見えた。

「そういう気持なら、待つことはないわ」

おつぎは参次郎を見ないで言った。

「どうぞ出て行ってくださいな。おとっつぁんにはあたしから言うから」

「おい、待ちな」

と参次郎は、くるりと背をむけたおつぎに声をかけた。しかしおつぎが立ちどまらないので、参次郎は台をとびおりて後を追い、納屋の入口でおつぎをつかまえた。

「ちょっと、待ちなって」

「はなしてよ」

おつぎはつかまれた肩を振った。

「あたしと話すことなんか、何もないでしょ？　あんたは、これっぽちも、あたしを好いてくれたわけじゃなかったんだから」

「そりゃ、ま」

と言ったが、参次郎はうろたえていた。おつぎに、出て行っていいと言われたとき、参次郎はふともとの遊び半分の暮らしにもどることが、少しもうれしくないのに気づいたのだった。

この二年間の暮らしにくらべれば、それはまるで霞《かすみ》のように頼りない、暮らしともいえないほど危うげなものに思われた。それにここ二年の辛抱がもったいないとも思った。こういう仕事こそ、男一人前の仕事というものだった。ちょこちょこっと筆作りをして、倦きればやめて、女をひっかけて遊んでいたころは、男一人前の仕事をしていたとは言えない。

「もったいねえや」

「え？」

参次郎の腕からのがれようとしていたおつぎが、動くのをやめて参次郎の顔を見た。ぷくりとふくれた赤い唇が、参次郎の顔の下にあった。

十人並みにやっという顔の造作は変えようがないが、二年の間におつぎも女らしくなっていた。白い皮膚の下に血の色が透けて見え、身体そのものが果実のように甘く匂《にお》っている。

「こんないい女を捨てて出て行くのは、もったいねえと言ったんだよ」

おつぎを抱いた腕に力をこめながら、参次郎はひさしぶりに女たらしのせりふを口にした。二年間、女から遠ざかっていた火照《ほて》りが身体を駆けめぐっている。参次郎はたくましい腕でひょいとおつぎを抱き上げると、空俵を積んである納屋の奥に歩いて行った。

「あたしだって、そう金がつづくはずはないんだから、みんなにも考えてもらわなくちゃ」

蠟燭問屋の若旦那信太郎がそう言ったとき、「おさん」の入口に人影がさして、まっすぐみんなのたまり場に近づいて来た。

「こりゃ、めずらしい」

　便利屋の直吉が、とんきょうな声を出した。

「参次郎だぜ。こいつはおどろいた」

「やっと逃げて来たかね」

　と檜物職人の芳蔵が言ったが、芳蔵はじろじろと参次郎を眺めまわしたあげく、違うようだな、とつぶやいた。

　参次郎は、小ざっぱりした縞の袷《あわせ》を着て、手に風呂敷包みを下げている。髪もさっぱりと結い上げ、身体がひとまわりたくましくなっていた。どこからみてもぱりぱり働いている商人というふうに見える。

「おめえ、どうやらあの米屋に居ついたらしいな」

「まあな」

　参次郎は苦笑してみんなの顔を見た。

「子供が生まれるんだ。今日はちょっと商売で外に出たから、懐かしくなってここをのぞきに来たよ」

「たらしの参次も、あれが運の尽きだったな、かわいそうに」

　と直吉が言った。

「そうそ、あれが運の尽きだった」

と言ったが、参次郎は懐かしいむかしの仲間が、以前よりおしなべて人相が悪くなっているように思え、少しとまどいながら、釜の方にむかっておれにもお茶をくれないかと言った。

「藤沢周平をよむ」江戸の豆知識２（聞き手・松平定知）

米と江戸煩《わずら》い

江戸東京博物館専門研究員
石山秀和さんに聞く

――（深川江戸資料館に再現されている）こういうお米屋さんは、江戸には当時何軒ぐらいあったのでしょうか？

石山　ここは舂米屋《つきごめや》と言いまして、お米を舂《つ》いたものを小売する店です。幕末のデータですが、だいたい一六〇〇軒くらいあったという記録が残っています。

――江戸の庶民が白米を食べていたという事実にびっくりして

舂米屋の風景（石山さんと松平さん）

しまうのですが。

石山　年貢米をはじめとして、諸国からお米が集まってくる場所だったので、お米の値段が一番安かった、庶民でも手に入る程度の量は供給されていたということなんですね。対照的に農村では年に数回くらいしか食べられなかったと。

――江戸時代の青年男子は一日お米をどれくらい食べていたのですか？

石山　幕府の直接の家臣である旗本や御家人には、一日五合の米（扶持米）が支給されていました。生活に宛てるものに少し換金しますが、それでも一日四合ぐらいは食べていたのではないかと言われています。

――ひとり四合!?　えらい食べますね。

石山　当時は一汁一菜《いちじゅういっさい》というくらいで、おかずがそれほどなかったので、お米が主食でたくさん食べていたということで

参次郎が米を舂いていた（？）唐臼

しょうか。

――茶碗の大きさにもよりますが、一合を普通二膳と計算すると、四合というと毎日八膳食べていたという計算になりますが…毎日八膳食べていたらこれは……(笑)。

石山　俗に「江戸煩い」といって、脚気《かっけ》になりやすかったと言われています。

――この店には米俵がありますが、これも地域によって中の量が違うんですって？

石山　幕府は旗本・御家人に支給する扶持米の場合、一俵を三斗五升（玄米で五二・五キログラム）としていましたが、米俵は地域によって大きさが異なりました。関東でも一俵が四斗五升のところもあれば、三斗三升で取引しているところもありました。

（深川江戸資料館にて）

米俵の一俵には地域差が

泣かない女

掘割をわたって一色《いっしき》町の河岸に来ると、あたりはまた暗くなった。かろうじて家の軒がみえるくらいである。

お柳が手をさぐって来たのを、道蔵は握りかえした。お柳の手はあたたかくて湿っぽかった。二人は手を握りあったまま、しばらく黙って歩いた。

「このへんでいいわ」

立ちどまったお柳が言った。お柳の家と思われるあたりで、道にひとところ灯のいろがこぼれている。錺師《かざりし》藤吉が、夜なべをしているのかも知れなかった。お柳は藤吉の娘で、道蔵は山藤と呼ばれるその店の職人だった。

道蔵も足をとめた。するとお柳が、いきなり身体《からだ》をぶつけるようにして抱きついて来た。二人は暗い道の上で、ひとつに溶けあう形で口を吸い合った。さっきもそう思ったのだが、お柳の息は、何かの花のような香がする。背に回した手で、お柳は時どき爪《つめ》を立てるようなしぐさを繰り返した。

そのしぐさで、道蔵は半刻《はんとき》前まで二人で過ごした、東仲町の小料理屋の部屋を思い出している。お柳は出もどりだった。一度男に身体をゆだねてしまうと、そのあとはためらいがなく、奔放にふるまった。

「ねえ」

口を放すと、お柳は熱い息を吐きながら、ささやいた。

「また、会ってくれる」

「むろんです、お嬢さん」

「お嬢さんなんて言わないで」

お柳は拳《こぶし》でやわらかく道蔵の胸を叩いた。小さな拳だった。

「でも、こんなふうになって、あたしたちこれからどうなるの？」

「さっき言ったとおりですよ、お嬢さん。あっしは女房と別れます」

「ほんと？」

お柳は道蔵の頸《くび》にぶらさがるように両手をかけ、上体だけうしろにひいて、暗い中で道蔵の顔を見さだめるようにした。そして二十の女とは思えない、甘ったるい声を出した。

「暗くって、あんたの顔が見えない」

「ほんとです。あっしはもともとお嬢さんを好いてました」

「じゃ、どうしてもっと早く言ってくれなかったの？　嫁に行く前に」

「そんなことを言えるわけがござんせん」

山藤は繁昌している錺師である。道蔵のような子飼いの職人が十人もいて、それでも納める品が間にあわないほどいそがしい店だった。

そしてお柳が嫁入った先の根付師玉徳も、人に知られる店だった。似合いの縁談だった。奉公人上がりの職人が、その縁談に口をはさむ余地など、爪の先ほどもなかったのである。

それにお柳を好いているといえば、なにも道蔵だけに限らなかった。いまはべつに店を持っている、そのころはすでに所帯持ちだった兄弟子二人をのぞけば、年ごろの職人は、みな親方の美しい娘に恋いこがれていたと言ってもよい。お柳は職人の娘とも思えないお嬢さん育ちで、わがままだったが美しかった。

玉徳の息子芳次郎との縁組みが決まり、お柳が嫁入って行くのを、道蔵たちは黙って見送ったが、自分たちの気持とはべつに、その縁組みを似合いだとも思ったのであった。上方に旅していた芳次郎が旅先で急死し、たった三年で、お柳が出戻りで帰って来るなどとは、誰も夢にも思わなかったのである。

「おとっつぁんに叱られるから、帰る」

やっと手を離したお柳が言った。そして、闇の中でもう一度道蔵の顔を見さだめるようにして念を押した。

「さっき言ったことを信用していいのね」

「もちろんですとも、お嬢さん」

道蔵が力をこめて答えると、お柳はやっと安心したように離れて行った。道蔵が立ってみていると、お柳は足ばやに遠ざかり、道に灯のいろが落ちている場所まで行くと、ちらとこちらを振りむいた。

お柳の白い顔が笑いかけたようにみえたが、姿はすぐに闇にまぎれた。

河岸を閻魔《えんま》堂橋までもどり、油堀を北に渡りながら、道蔵は自分がひどくいそいで歩いているのに気づいて、橋の中ほどで少し足どりをゆるめた。

家は伊勢崎町だが、いそいでもどることはない。今日、突然におとずれて来た果報を、ゆっくり噛みしめるべきだった。

――やり直しだ。しくじらねえように、じっくりかからなきゃな。

と思った。考えることがいろいろあった。別れるつもりの女房のところに、こんなに大急ぎで帰ることはない。

話があるから、仕事がひけたら馬場通りにある一ノ鳥居のそばまで来てくれ。お柳にそうささやかれたのは昼近く、台所に水を飲みに行ったときだった。

それだけで、道蔵はのぼせ上がってしまった。昼飯もどこに入ったかわからないようにして喰いおわり、午後はうわの空で仕事をした。仕事の手順をたびたび間違え、ほかの職人に怪訝《けげん》な顔をされたほどである。

六ツ（午後六時）で仕事を打ち切ると、道蔵は親方の藤吉に挨拶してすぐに店を出た。家へ帰る道とは逆の方角に、走るように町を歩いた。お柳の話というのが何なのかは、まるで見当がつかなかったが、ただお柳に会えるというだけで、胸がふくらんだ。日は低く西空に傾いていたが、通りすぎて行く町には、日にあたためられた四月はじめの陽気が残っていて、そのあたたか味まで、心をくすぐっているようだった。

お柳はちゃんと待っていて、近づく道蔵をみると笑いかけて言った。

「そんなにいそがなくともいいのに」

道蔵は赤くなり、まぶしくお柳を眺めた。嫁入り前のお柳はほっそりした娘だったのに、三年、人の女房だった歳月が、お柳の胸や腰に豊満な線をつけ加えていた。お柳は物腰も落ちつき、﨟《ろう》たけた女にみえた。

「知っている家があるから、そこに行きましょうか」

そう言ってお柳は先に立った。五つ年下のお柳の方が、年長者のように振る舞っていた。

お柳がみちびいて行ったのは、富ヶ岡八幡の前を通りすぎたところにある、東仲町の吉野という小料理屋だった。店の裏に、別棟の離れがあって、二人はそこに通された。

酒が出てからも、お柳はすぐには話というのを持ち出そうとしなかった。店のことを話したり、道蔵の家のことを聞いたりした。お柳はかなり酒をのみ、酔いがまわると機嫌のいい笑い声をたてた。

「お話というのは、何ですか」

しびれを切らして道蔵が言うと、お柳は忠助さんのことなの、と言った。

「忠助？　忠助がどうかしたんですかい」

「おとっつぁんが、忠助さんの嫁になれって言うの」

道蔵は思わず顔色が変るのを感じた。兆して来た酔いが、音たてて身体からひいて行くようだった。

忠助は山藤の子飼いの奉公人ではなかった。浅草北馬道の岩五郎という錺職から、二年前に移って来た男である。政吉という兄弟子が、店を出て外で仕事をはじめたあとだから、親方の藤吉には、手薄になった職人の穴を埋める心づもりがあったのだろう。

藤吉が、岩五郎に懇望して譲りうけたと、そのころ奉公人の間でささやかれたほどで、腕のいい職人だった。無口で、めったに笑顔をみせず、新顔だからと、自分からまわりと打ちとけるということもなかったが、気にいった仕事にかかると、居残りはおろか、夜明けまで仕事場にこもって見事な品を作った。ほかの職人に好かれているとは言えない男だが、忠助の仕事ぶりにはみんなが一目おいていた。

そういう忠助に、道蔵は無関心ではいられなかった。兄弟子が、自分の店を持ったり、ほかに住みかえたりして、一人ずつ出て行ったあとは、道蔵が一番古参になっている。

自然に、親方の指図をうけてほかの職人に仕事を割り振ったり、新米弟子の仕事をみてやったりする役目が道蔵に回って来ていた。道蔵には、居付きの職人のなかの一番弟子の誇りがある。腕でも、新参者の忠助には負けられないと思う意地があった。

思わず顔色が変ったのはそういうことだった。忠助がお柳を嫁にもらい、仕事の指図をするようになったら、その下では働けないと思ったのである。しかしお柳の話がほんとなら、近ぢかそうなることは眼に見えているのだ。

「親方は……」

道蔵は盃を置いて、乾いた唇をなめた。

「忠助を跡つぎにと考えてるんですかい」

「はっきり言わなかったけど、兄さんがあのとおりだからねえ」

とお柳は言った。

お柳の兄の保吉も、同じ仕事場にいる。だが保吉はじき三十にもなるのに、まだ女房をもらう気もない道楽者だった。腕も半ぱで、父親が仕事場にいる間は、神妙に手を動かしているが、何かの用で父親が仕事場からいなくなると、あっという間に自分も姿を消して、夜遅くまでもどって来なかった。

藤吉も、職人たちも、そういう保吉を見て見ぬふりをしている。匙《さじ》を投げているのだ。だが藤吉ももう年だった。お柳がもどって来たのをしおに、しっかりした跡つぎを欲しいと思いはじめたかも知れなかった。

忠助がその跡つぎにふさわしくないとは言えない。だが、ひそかに張り合っている男が、山藤の跡をつぎ、高嶺《たかね》の花のように遠くから眺めていた、お柳を女房にするのかと思うと、道蔵は嫉妬で眼がくらむようだった。

「それは、けっこうな話じゃありませんか」

道蔵は微笑した。だがその笑いが、無残にゆがむのが自分でもわかった。道蔵はあわてて盃を取り上げたが、手がふるえた。

お柳がじっとこちらを見ているのを感じながら、道蔵は眼をつむって盃をあけた。お柳がふわりと立ち上がって来たのはそのときである。お柳は道蔵に身体をぶつけるようにして、そばに坐ると、思いつめたような声で言った。

「あたし、あのひとがきらいなの」

そのあとのことを、道蔵はもう一度おさらいするように、胸の中に思いうかべた。それは女房どころか、子供がいれば子供も捨ててもいいと思うほど、眼もくらむほどの愉悦にいろどられたひと刻だったのである。

女を得た喜びだけではなかった。張り合っている男に勝った喜びがあった。お柳をモノにして、藤吉の跡つぎになることまで考えているわけではなかった。そんな先のことまではわからない。

――だが、これであいつに勝ちはなくなったわけだ。

道蔵は、仕事場でいつも気圧される感じをうけている、錺師としての腕は、ひょっとすると数等上かもしれない男の顔を思いうかべた。仙台堀にかかるもうひとつの橋を渡り、家がある河岸の町に折れながら、道蔵はくらやみの中で人知れぬ笑いを洩らした。

かすかにうしろめたい気持がうかんで来たのは、路地の奥の自分の家の前まで来たときだった。花園をくぐり抜けて来たような、浮き浮きした気分が、急にしぼんだ。

——いきなりというわけには行かねえやな。

と思った。暗い軒の下から、そこまで道蔵が身にまといつかせて来たはなやかなものと馴染《なじ》まない、殺風景な暮らしが匂って来る。その匂いが、道蔵がして来たことを咎《とが》めるようだった。

道蔵は、しばらく凝然と戸の前に立っていたが、やがて戸を開けて土間に入った。

「お前さん？」

おオの声がして、踊るような影が立って来ると、障子を開けた。おオは足がわるく、歩くと一歩ごとに軽く身体がかしぐ。

「遅かったね」

と、おオは言った。

「うむ、ちょっと納め先のひとと一杯やって来た」

「ご飯はどうしたの？」

「喰った」

道蔵は茶の間に入った。道蔵を待っていたらしく、布巾《ふきん》をかけた膳が、二つ出ている。

「待たずに喰ってりゃよかったんだ」

道蔵は少し不機嫌になってそう言った。見なれた茶の間の光景も、女房のお才も、くすんで色あせて見えた。


外から帰って来た藤吉に呼ばれて、道蔵は仕事場を出ると、母屋《おもや》の茶の間に行った。

「ま、楽にしな」

きせるを出しながら藤吉がそう言ったが、道蔵はかしこまって膝《ひざ》をそろえていた。

藤吉は、莨《たばこ》をつめて、長火鉢の底から火種を拾い出すと、一服つけて深ぶかと吸った。

藤吉は数年前から髪が白くなったが、けむりを吐き出しながらしかめた眉にも白いものがまじりはじめて、けわしい表情にみえた。

道蔵は身体が固くなった。藤吉が、なにか大事なことを話し出す気配を感じたのである。まさか、あのことがバレたのじゃあるまいな、とちらと思った。このところお柳とは三日に一度会っている。

「話というのはほかでもねえが、今日は泉州屋に行って来たのだ」

藤吉がそう言ったとき、台所との境の戸が開いて、お柳がお茶を運んで来た。お柳の母親は、お柳が嫁入ると間もなく病死していて、いまはお柳が女中と台所に入っている。

お柳は顔を伏せたまま、何も言わずにお茶だけ配って出て行ったが、道蔵はその姿を見ただけで、気持が少し落ちつくのを感じた。

「いつもの注文ですか」

「そう。今年は簪《かんざし》を十本だとよ」

泉州屋は尾張町に店がある裕福な呉服屋で、毎年いまごろの季節になると、注文をくれる。出入り先の大名屋敷、旗本屋敷の奥向きに贈る品物だから、いい品をつくってくれ、金に糸目はつけないと言われている。

その注文が入ると、藤吉と仕事場で一番腕がいいとみられている職人の二人で、泉州屋の仕事にかかる。納めの期日が迫ると不眠不休で仕上げるのが毎年の例だった。山藤では、一年のなかでもっとも大事な仕事に思われていた。その仕事は、去年もその前も藤吉と道蔵の二人でやっている。

「さて、今年だが……」

藤吉は咳ばらいして、ちょっと黙ったが、急に顔をあげて道蔵をみた。

「忠助一人にまかせてみようかと思っている」

「……」

道蔵は顔を伏せた。来たか、と思ったが、気持は案外に平静だった。お柳からああいう話を聞いていなかったら、屈辱で顔色が変っただろうが、親方のおよその考えは読めていて、気持の用意は出来ていた。

いよいよ眼の前に持ち出されてみると、やはりいい気持はしなかったが、その気持を微笑でごまかすことが出来た。

「けっこうじゃねえですか。あいつは腕がしっかりしているし」

「おめえにそう言ってもらうとありがてえ」

藤吉はほっとしたいろを隠さないで、そう言った。

「はじめは、おめえと忠助の二人にやらせてみようと思っていたのだ。おれもそろそろ年だ。今年あたりはおめえたちにまかせてみようとな」

「……」

「しかし考えてみると、おめえと忠助は手がちがう」

藤吉はいつもと違って、用心深く言葉をえらんでいた。このことが決まり、忠助が別部屋にこもって、泉州屋の仕事にかかるようになれば、ほかの職人の、道蔵をみる眼も変って来るだろう。

藤吉もさすがにそのあたりのことは読んでいて、子飼いの古参職人の気持を、傷つけまいとしていた。

「どっちがいい、どっちが悪いというもんじゃねえが、まかせるならどっちか一人にする方がいいんじゃねえかということでな。それともうひとつ……」

道蔵は、顔を伏せてじっと聞いていた。いよいよ、あれを言うつもりだな、と思った。

「おれも、いざというときのことを考えなくちゃならねえ年になった。だが保吉があてにならねえことはみんなわかっている。さいわいと言っちゃ何だが、お柳がもどって来たのでな。忠助とあれを一緒にすれば、山藤のあとのことは心配ねえ、とこうも考えているわけよ」

「……………」

「おめえがひとり身だったら、おめえでもよかったのだ。腕に不足はねえし、気心も知れている。しかし、おめえはもう所帯持ちだ」

道蔵は、藤吉の言葉をうわの空で聞いていた。はげしい嫉妬に苛《さいな》まれていた。藤吉が言葉でいたわればいたわるほど、その裏側から、ひと眼で忠助の腕に惚《ほ》れこんだ、職人藤吉の気持が浮かび上がって来るように思えたのである。

肩にのばした道蔵の手をお柳ははずした。

「どうしたんだい」

「今日はだめ」

と、お柳は言った。

「どうして?」

「気分がよくないの」

お柳はそっけなく言った。道蔵は仕方なくお柳から離れ、うつむいて盃に酒を注いだが、急に胸が不安に波立って来るのを感じた。

お柳とのことがあるから、藤吉の言葉にも堪えられ、忠助が別部屋で泉州屋の仕事にかかったあとの、職人たちが自分を見る眼にも堪えられたのである。だがお柳にいまのようにすげなくされると、頼りにしていたものが、ひどく心もとないものだったことに気づくようだった。

この上お柳を失ったりすれば、残されるのは真黒な屈辱しかない。そうなれば、もう山藤にはいられなくなるだろう。道蔵は無言で酒をあおった。

「あんたがわるいのよ」

その様子を黙ってみていたお柳が、そばにすり寄って来て言った。道蔵が見返すと、お柳は眼をあわせたままうなずいた。

「だってそうでしょ？　あんたはおかみさんと別れると言いながら、ちっともそうしてくれないじゃない？」

「……」

「あたしの身にもなってよ。おとっつぁんに返事しなきゃならないのよ。いったい、どう言ったらいいの？」

「悪かった」

と道蔵は言った。手を出すと、お柳はすぐに白い手をゆだねて来た。

「近いうちに、かならずカタをつける」

「だめ」

肩にのばした道蔵の手を、お柳はまたやわらかくはずした。

「今晩帰ったら言って」

「今夜はもう遅いから無理だ」

「じゃ、明日言ってよ」

と、お柳は言った。

「明日まっすぐ帰って言って。そして話がついたらすぐにここに来て。あたしいくら遅くなっても待ってるから」

「わかった。けりをつけて、必ずここに来るよ」

「そうして。でないと、あたしこのまま忠助さんのかみさんになっちまうから」

「………」

「うそ。いまのはうそ。明日をたのしみにしてる」

「うん」

「それまで、おあずけね」

お柳は両手で胸のふくらみを抱くしぐさをして、道蔵に笑いかけた。男を狂わせずにおかない、蠱惑《こわく》に満ちた笑顔だった。


別れてくれなどと切り出せば、お才は必ず泣き狂うだろう。道蔵はずっとそう思っていたのである。

その愁嘆場がいやで、一日のばしに話すのをのばして来ただけである。お才に未練があったわけではなかった。

もともと、二人が所帯を持ったきっかけは、道蔵が足のわるいお才に同情しただけのことだった。そして所帯を持つと間もなく、道蔵は自分の軽はずみを悔んだのである。

女房にしてみると、お才はどこにでもいるような平凡な、面白くもない女だった。その上、ほかの連中のように、花見だ、祭りだと外に連れ出して見せびらかしたいような女房ではなかった。

所帯を持つ前には、道蔵はお才を誘って、洲崎《すさき》の弁天さまにお参りに行ったり、富ヶ岡八幡の祭礼に連れ出したりしたのである。そのときは足のわるいお才と連れ立って歩いていても平気だった。

二人にむけられる穿鑿《せんさく》めいた眼に、道蔵の気持はかえってふるいたち、そういう眼を逆ににらみ返しながら歩いた。相手の方が、道蔵ににらまれて、あわてて眼を伏せた。

──おれがかばってやらなきゃ、この女をかばってやる者は誰もいない。

そう思い、昂然《こうぜん》と胸を張っていた。盗みみるようにこちらをみる眼をはね返したり、無視したりすることは、むしろ快いことだったのである。

だが所帯を持ってから間もなく、お才を連れて近くの縁日に行ったとき、道蔵は、二人を見くらべるようにするあたりの眼を、前のようにははね返せなくなっている自分に気づいたのだった。

なぜそうなのかはわからなかった。ただ道蔵には、あたりの眼が、足が不自由な娘をかばう健気な若者をみる眼ではなく、そういう女しか女房に出来なかった男を、あわれんでいる眼に変ったのを感じたのである。

その視線は、針のように道蔵の胸を刺した。道蔵はその場にいたたまれないような気になり、眼を伏せ、足のおそいお才の袖を邪険にひっぱりながら、早早に家にもどった。

その夜以来、道蔵はお才と連れ立って外に出たことはない。どうやらはやまったことをしたらしい、と思ったのはそのころである。

気がつくと、あたりには足などわるくない、丈夫でピチピチした娘がいくらでもいた。その悔恨は、しばらく道蔵を苦しめた。そして月日が経つ間に、だんだんにあきらめに変りはしたが、はじめの悔恨は、根深く道蔵の気持の底に残ったのである。

だから、お柳と身体のつながりが出来たときも、やましい思いに責められたのはほんのはじめの間だけのことで、すぐに平気になった。バレたらバレたでいいさ、と思った。それでお才がおれを責めるようだったら、もっけのさいわいに別れ話を持ち出すだけだと思っていた。

だがお才は何も気づかないようだった。したがって、別れ話を持ち出すきっかけはなかなかやって来なかったのだ。

それならこちらから切り出すしかないのだが、それがむつかしいことだったのだ。何も気づいていないお才にむかって、そんな話を切り出せば、間違いなくひどい愁嘆場になるだろう。女に泣かれるのは、辛くおぞましいことだった。一ぺん我慢すれば済むことだと思いながら、道蔵は踏み切れなかったのである。

だが道蔵は追いつめられていた。泣こうが喚こうが話すしかないと思った。口を切ったのは、家にもどって、膳に坐る前である。

だが、お才は泣かなかった。大きな声も立てなかった。小さい声で問い返して来た。

「女が出来たんだね」

「……」

気圧されたように、道蔵はうなずいた。静かなお才が、これから何を言い出すかと身構えていた。

お才は道蔵から眼をそらすと、ふっとため息をついた。そしてやはり小さい声で言った。

「気がついていたのよ」

「そうか。それじゃ言うことなしって言うわけだな」

「あたしね」

お才は道蔵の言葉にかまわずにつづけた。

「ずっと前から、いつかこんなふうな日が来ると思っていた」

「……………」

「だから、仕方ないよ。その日が来たんだもの」

お才はうなだれると、しばらくみじろぎもせずに坐っていたが、やがて立ち上がった。道蔵が見ていると、お才は隣の寝部屋に行った。しばらく物をかたづける小さな物音がひびいて来たが、すぐに風呂敷包みを抱えてもどって来た。

お才は膝をついて、軽く道蔵に頭をさげると、そのまま土間に行った。はじかれたように、道蔵は立ち上がった。

「何も、今日出て行かなくともいいだろう」

「……………」

「そうか。じゃ飯ぐらい喰って行けよ」

お才は履物をさがしながら、やはり、首を振った。

「行く先のあてはあるのか」

「………」

「おい」

外に出たお才に、道蔵は鋭く呼びかけた。

「どんな女だと、聞きもしねえのか、おい」

ちらとお才が振りむいた。微《かす》かに笑ったようだったが、そのまま姿が消えた。

――なんだ、いやにあっけねえじゃねえか。

部屋にもどると、道蔵はがっくり疲れて腰をおろした。ぐさりとやられたような気持が残っている。お才が出て行ったのでなく、こちらが見捨てられたような気がした。これでかたづいたという喜びはなく、うつろなものが胸を満たして来た。

部屋の中に、膳が二つ向き合っているのを、道蔵はぼんやりと眺めた。夫婦なんてこんなものかね、と思った。向き合って飯を喰ってるはずだったのに、もう他人でいやがる。

道蔵は上体をのばして、膳にかかっている布巾をめくってみた。そして里芋の煮つけがのっているのをみると、小皿からつまんで口にほうりこんだ。膝を抱いて、道蔵は口を動かした。

飯を喰う気は起きなかった。いまごろは、お柳が小料理屋の離れに行っているだろうと思ったが、駆けつける気にもならなかった。なぜか、お柳との間にあったことが、他人《ひと》ごとのように白じらしく味気ないものに思えて来るようでもある。

口の中のものをのみこむと、道蔵はそのままぼんやりと物思いにふけった。思いうかべたのは、お才と知り合ったころのことだった。

お才は、道蔵が兄弟子の政吉に連れられて、はじめて飲みに行った、赤提灯《あかちょうちん》の飲み屋で働いていた。わるい足をひきずりながら、懸命に動きまわるのだが、それでも動作はひと呼吸おくれて、店の者にも客にもどなられていたのだ。

ある夕方、ひとりでその店に行った道蔵は、店の横の路地に、お才がうずくまって、前掛けで顔を隠しているのを見た。そこは飲み屋の裏口の前だった。うす闇の底に、小さくうずくまって動かないお才の姿を見ているうちに、道蔵は胸がつぶれるような気持に襲われたのだった。

だが道蔵が近寄って行くと、お才はすばやく顔をぬぐって立ち上がった。そして黙って道蔵を見上げたが、その眼には悲しそうないろはなく、挑みかかるようなはげしい光が、道蔵をたじろがせた。誰も信用していない眼だった。お才が孤児で育ったことを、道蔵は耳にしている。ただ自分だけをはげまして、生きて来たのだな、と道蔵は思ったのである。

——間違えねえでもらいたいな。おれは味方だぜ。

道蔵はそう思い、その気持をどう伝えたらいいかわからずに、お才とにらみ合うように向き合ったまま、いつまでも立ちつづけたのであった。

——たった一人の味方かね、おい。

道蔵はこみ上げて来る苦い笑いに口をゆがめた。一人になってみてはじめて、自分がお才に何をしたかが見えて来たようだった。道蔵は不意に聞き耳を立てた。雨が降っている。

道蔵は立ち上がった。立ったまま、雨に濡れる日暮れの道を遠ざかるお才の姿を、しばらく眼の奥で追っていたようである。道蔵はのろのろと土間に降りた。だが傘をつかむと、いきなり外に走り出した。

河岸にも、万年町にわたる橋の上にも、突然の雨に驚いた人影が、右往左往している。道蔵は一たん橋袂《はしたもと》まで出ると、橋を渡って万年町まで行った。だがお才らしい姿が見えないのを確かめると、また橋を走り抜けて、今度は霊岸寺の門前まで行った。走りながら、丹念に家家の軒下までのぞいたが、お才の姿は見当らなかった。道蔵はまた橋までもどり、今度はさっき来た河岸の道を西に走った。

走っているうちに、ばったりと雨がやんで、急に日が射して来た。いっときのにわか雨だったようだが、道蔵は走るのをやめなかった。西空の底に、おしつぶされたように沈みかけている日にむかって走りつづけた。

伊勢崎町の長い町並みを走り抜け、掘割をひとつ渡って、仙台藩屋敷の横まで来たとき、道蔵はようやく目ざしていたものを捜しあてた。塀ぞいの長い河岸道のむこうに、お才の姿が小さく動いていた。

道蔵は立ちどまった。お才はどこに行こうとしているのだろうか。大川の向うの空から、束になって流れこんで来る赤い日射しの中を、一歩ごとに身体を傾けながら、懸命に遠ざかって行く。道蔵はまた走り出した。

追いつくと、前に回って行手をさえぎった。お才の驚いた顔が、変に子供っぽくみえた。荒い息が静まるのを待って、道蔵は言った。

「傘持って来たが、無駄だったな」

お才は黙って道蔵を見上げていたが、道蔵が、さあ帰ろうと手を出すと、静かに後じさった。

「ほどこしをするつもりなら、やめてね。あわれんでもらいたくないもの」

「ちがう、ちがう」

と道蔵は言った。さっきの奇妙に心細かった気持を思い出し、その中に夫婦にとってかけがえのないものが含まれていた気がしたが、そのことをどう言ったらいいかわからなかった。やっと言った。

「とにかく、おれも一人じゃ困るんだ」

お才は黙って道蔵を見返したが、不意に風呂敷包みを取り落として手で顔を覆うと、背をむけて蔵屋敷の塀の下にうずくまった。

お才は声を出して泣いていた。お才の泣き声を聞くのははじめてだった。風呂敷包みを拾い、雨に濡れたお才の髪と肩が小さくふるえるのを、ぼんやり眺めながら、道蔵は山藤の店をやめようと思っていた。ほかの店でやり直すのだ。

そう思うと、店も、小料理屋で待っているかも知れないお柳も、遠い景色のように小さく思われた。泣くだけ泣いたお才が、手に取りすがって来たのを、道蔵は握り取って歩き出した。そのときになって、やっとひとつ思いうかんで来たことを、道蔵は大きな声で言った。

「夫婦ってえのは、あきらめがかんじんなのだぜ。じたばたしてもはじまらねえ」

道蔵の言葉をどう受け取ったかはわからない。ただお才はめずらしく晴ればれとした笑顔で道蔵を見上げた。

踊る手

一

信次が遊びから帰って来ると、裏店《うらだな》の路地に人がいっぱい出ていた。ほとんどは裏店の女たちで、信次の母親もその中にいたが、ほかに信次が見たこともない男たちが二、三人混じっていた。男たちはみな羽織を着ていた。

女たちも、羽織を着た男たちも、みな同じ方向を見ていた。時どき額を寄せて何かささやき合うこともあるが、すぐに顔を前にもどす。人びとが見ているのは伊三郎の家だった。その家の戸が開いていた。

外に出ている人間は大人ばかりではなく、信次よりも小さい子供たちもいた。男の子も女の子も、母親の手に縋《すが》って伊三郎の家を眺め、かと思うとすぐに倦《あ》きて、鼠のように女たちの間を走り回っては頭を張られたりしている。

信次も母親のそばに行った。

「おきみちゃん家《ち》、何かあったの？」

信次が聞くと、母親は前をにらんだままで答えた。

「夜逃げだってさ」

「夜逃げってなに？」

「昨夜《ゆんべ》のうちに、家の者がいなくなっちまったんだよ」

母親の言葉で、信次は胸がどきんと波打ったのを感じた。おきみは伊三郎の家の一人娘で、信次より二つ齢下の八つである。小さいころからの気の合う遊び友だちだった。

おきみも一緒にいなくなったのか、と聞こうとしたとき、伊三郎の家から男が一人出て来た。信次の知っている人間だった。少なくなった髪をやっと掻きあつめて髷《まげ》を結っている、小太りで赤ら顔のその男は、大家の清六である。

清六は、羽織を着ている男たちのそばに来ると、何にも言わずに首を振った。

「相変らずだんまりですか」

羽織姿の男たちの中で、一番背が高く痩《や》せている老人が言った。清六がうなずいた。

「何を訊いても、返事をしません。床に入って目をつぶったままですよ」

「眠ってんじゃないでしょうね」

もう一人の羽織の男が言ったが、清六はそれには強く首を振った。

「いや、聞こえてはいるのですよ。伊三郎夫婦や子供がどこに行ったかと訊いたら、ばあさん、涙をこぼしましたからね」

「まあ、かわいそう」

信次の母親よりもっと太っている女房が、姿に似ないかわいい声でそう言うと、それまで耳を澄まして清六と男たちの話を聞いていた女たちが、一斉にしゃべり出した。

「何て人たちだろう、年寄りを置いて自分たちだけ姿をくらますなんて」

「おかつさんを、あたしゃ見そこなっていたね」

「そうともさ。おとなしそうな顔をしてよくもこんなひどいことが出来たものだ」

「猫をかぶってたんだよ、あのひと」

「ちょっと、ちょっと。みんなはそう言うけどさ、おばあちゃんを残して夜逃げするからには、あの家にもそれなりの事情があったんじゃない」

「そりゃ、事情はあるでしょうよ。伊三郎さんて、姿がよくて口も達者、うってつけの小間物売りに見えたけど、半分は博奕《ばくち》打ちだったもんね」

「あらあ、知らなかった。あのひと、博奕打ってたの」

「それじゃおかつさんが、いくら内職したって追いつきやしないわ」

「でもさ、それとこれとはちがうんじゃないかね」

ドスの利いた口をはさんだのは、亭主同様に、まっくろな顔をしている鋳掛《いかけ》屋の女房だった。

「どんな事情があったにしろ、年寄りだけを残して出て行くなんてことは、あたしゃ頼まれても出来ないね」

「それはそうだ」

同感する声が、二つ三つ上がった。その声に力を得たように、鋳掛屋の女房は黒い馬づらを回して、女たちをぐるりと見回した。

「年寄りたって、元気なひとならいいさ。でも、あそこの年寄りは、はばかりに行くのがやっとで、あとは寝てるだけだよ。そうだよね、おまつさん」

「そう、寝てるだけ」

のっそりと答えたのは、伊三郎の隣の助蔵の女房だった。夫婦ともに日雇いの外稼ぎをしているのだが、今日はたまたま女房のおまつが家にいたらしかった。

「その寝てる年寄りを捨てて姿を隠したんだから、こりゃ人殺し同然だわ」

鋳掛屋の女房は息まいた。女たちはうなずいて、口口にそう言われても仕方ないねとささやき合った。

すると、鍋釜や布団はどうしたんだろうねと聞いた者がいた。その甲高い声は、左官の女房のおくらだった。

「鍋釜ぐらいは残っているんじゃない」

と一人が言い、清六にたしかめた。

「家の中がまるっきりカラッポということはないでしょ？　大家さん」

「いや、それが何にもない」

と清六が言った。

「鍋釜も布団も、位牌《いはい》もない。残っているのは、寝てるばあさんだけだ」

清六のその言い方がおかしかったので、こんなときなのに女たちはどっと笑った。それぞれに伊三郎の家に残された年寄りを考え、中にはその姿に自分の家の姑を重ね合わせてみた女房もいたかも知れない。がらんとした家の中にばあさん一人が取り残されている光景は、いかにもあわれだったが、どこか滑稽な眺めのようにも思われたのである。

信次は母親の袖を引いて言った。

「ねえ、どうして笑ったの？」

「ばあちゃんが残っているんだってさ」

母親は、笑いの残っている顔で信次を見た。

「ほら、おまえも知ってるだろ。年取って干柿みたいにしなびたばあちゃん……」

「知ってるよ。おれ、話したことあるよ」

信次が言ったとき、大家の清六がところでおまえさんたちに相談があると言った。

「伊三郎のばあさんのことだが、このままほっとくわけにはいかない……」

信次はまた母親の袖を引っぱった。

「何だよ」

「腹がすいた」

「ほら、みろ。いつまでも遊んでるからだよ。もう喰う物は残っていないよ」

母親は言って信次の頭をこづいたが、信次がべそをかくと顔色をやわらげた。そして台所の鍋におじやが入っているから、自分でよそって喰べなと言った。

家に帰ると、信次は母親に言われたように鍋からおじやをよそい、棚の上から漬物のどんぶりをおろして茶の間に入った。台所の障子窓が半分ほど開いていて、そこから午後の日射しが茶の間まで入りこんで来ている。信次はその光の中に坐って、おじやを喰った。

季節はまだ二月だが、風がないので台所の窓が開いていても、少しも寒くはなかった。腹がすいていたので、信次はむさぼるようにおじやを喰った。

そして喰い終ったときに、気持がまた伊三郎の家の夜逃げ話にもどり、はっきりとおきみの顔がうかんで来るのを感じた。

同じ裏店の子でも、気の合う者と合わない者がいて、信次はおきみとは仲よくした方だった。小さいときは、どっちかが必ず片方の家に上がりこんで遊ぶほどに仲がよかったのである。しかし近ごろはそうでもなかったなと、信次は振り返ってみる。いつごろからか、小さい時分のように、朝から晩までくっついて遊ぶなどということはほとんどなかった。

しかし、それはおきみが嫌いになったからというのでないことは、よくわかっていた。信次が十になり、おきみが八つになれば、お互いに信次は男で、たとえまだ八つでも、おきみが女であることを、子供ごころにも自然に知ってしまうのである。そして知ってしまえば、小さいときのように無邪気にくっついて遊ぶことは不可能だった。

それに近ごろの信次の遊びの範囲は表店の方までひろがり、そこにも友だちが出来ていて、いつの間にかおきみと遊ぶひまはほとんどなくなったのである。だが伊三郎の一家がどこかに行ってしまうと、信次はおきみと遊ばなかったことが、なにか取り返しのつかない間違いだったような気がしてならなかった。

——おきみちゃんは……。

もう二度と家に帰らないのだろうかと、信次は思った。すると、自分を照らしている早春の日射しが、突然に翳《かげ》ったように力を失うのを感じた。おきみの乾いた髪の匂いがし、いつも大人びているように感じた黒い目が、どこからか自分を見ているようにも思った。

二

その夜遅く、信次は人が鋭く呼びかわすような声を聞いて目ざめた。見回すと、行燈《あんどん》に灯が入っていたが、父親も母親もいなかった。そして今度ははっきりと人が叫ぶ声がした。

信次は起き上がった。障子をあけると、戸が開いていて、その先のいつもは暗い路地に赤赤と灯の色が流れているのに気づいた。信次は手早く着物を着た。草履《ぞうり》を突っかけると、外に出た。

思ったとおり、路地にはいっぱい人がいて、提灯《ちょうちん》の灯があつまっている人びとの顔を照らしていた。信次は小走りに明かりのある方に走った。人があつまっているのが、伊三郎の家の前だということはもうわかっていた。

また人の叫び声がした。それは家の中から聞こえて来た。その声を聞いて、人の塊の中から、たまりかねたような怒り声が挙がった。

「なんて奴らだ。あんなばあさんをいじめるなんて」

「人でなしだよ。何とかならないのかい、これだけ男があつまっていてさ」

金切り声で言った女の声に押し出されたように、一人の大柄な男が伊三郎の家の土間に入って行った。うしろ姿で、信次はいまの男が父親だとわかった。気をつけて、と叫んだのは母親の声である。

「おい、そこの二人」

と父親が言っている。太くて押しのきく声だと信次は思った。

「年寄りをいじめるのもいい加減にしろ。ばあさんをいじめても、ビタ一文金が出るわけがねえぐらいのことがわからねえのか。粗末な頭をした連中だ」

何だ、このやろうと家の奥で言った者がある。それは人の心をつめたくするような、低くてドスの利いた声だった。

その声の持主は、上がり框《かまち》に出て来たようである。声が大きくなった。

「いま、ごちゃごちゃ言ったのはおめえかい」

「だったらどうだと言うんだ」

信次の父親が言い返している。信次は胸がわくわくして、息が苦しくなって来た。

「ふざけた野郎だぜ」

男がどなったと思うと、みしりと戸がたわむ音がし、つづいて組み合った男二人が路地に転げ出て来た。あつまっていた人びとが叫び声をあげた。その声を聞きつけたらしく、家の中からもう一人、若い男が外に飛び出して来た。

若い男は、組み合って地面を転げ回っている二人を見ると、いきなり懐から匕首《あいくち》を出した。抜こうとしたその腕に、横から日雇いの助蔵が飛びついた。つづいて祈禱師の長岳坊が飛びつき、男まさりの鋳掛屋の女房が飛びかかって、若い男をぽかぽか殴りつけた。助蔵は瘦せて見える男だが、さすが力自慢の日雇いで、羽交いじめに男を組みとめた腕には、びっくりするような筋肉が盛り上がっている。男はなすすべもなく殴られていた。

その間に信次の父親が、もう一人の男を組み伏せた。人を恐れないならず者も、力くらべでは材木をかついで鍛えている手間取り大工の腕力には勝てなかったようである。ようやく振りほどいて立ち上がったもののもう足がふらついている。

その男にも人びとが駆け寄って、口ぐちに罵《のの》しりながら拳を打ちおろした。殴られて、男はまた地面に膝をついた。そこをうしろから蹴とばす者もいる。

「もう、そのへんでいいだろうよ」

泥だらけになった着物に、肩をいれながら信次の父親が言うと、人びとはやっと男を殴る手をとめた。そして女房たちが三人ほど、伊三郎の家の中に駆けこんで行った。

「おい、年寄りに何であんなむごいことをするんだ」

信次の父親が言うと、地面に膝をついた男は蛇のような目で人びとを見回した。それから信次の父親に目をもどして言った。

「伊三郎には貸しがある。貸しは取り立てなくちゃならねえ」

「いくら貸したんだい」

「十両だ」

「それを、寝てるばあさんから取り立てようとしたのか」

「伊三郎がいなきゃ、ほかに手はねえ」

「寝言を言ってないで、帰って親方に言いな」

信次の父親は、腹に据えかねたような大きな声でどなった。

「伊三郎はずらかって、残っているのは耄碌《もうろく》したばあさんだけでしたと。人なみの頭を持つ親方なら、それじゃばあさんをしめ上げろとは、まさか言うはずがあるめえ」

「手ぶらで帰ったらおれたちが怒られる」

「バカなことを言ってないで、言われたとおりにしな。そうしたら、今夜のところはお役人にとどけるのは勘弁してやろう。いや、それは出来ないと言うんなら、こっちも見過ごしには出来ねえから、お役人を呼ぶぞ」

「…………」

「さあ、どっちだ」

三

遊びに出ようとした信次は、母親に呼びとめられた。

「ちょっと、待ちなよ」

「どうして」

「ここに坐りな」

母親は言って、前に坐った信次をじっと見た。母親は何か大きな心配ごとを抱えたような、暗い顔をしている。

「どうしたの？」

「おきみちゃんとこのばあちゃんもおまえをよく知ってるんだよね」

「うん」

「小さいときは、ずいぶんかわいがってもらったもんね」

「……」

「ほら、おかきをもらったとか、昔話を聞いたとか。あたしも家を留守にするときなんかは、よくあのばあちゃんにおまえを預かってもらったもんだった。おまえ、もう忘れたかい」

信次は首を振った。母親がいま言ったようなことはよくおぼえていた。おきみの家に預けられた日は、昼になるとおばあさんが滅法味のいい雑炊をつくって、おきみと信次に喰わせたものである。

信次がうなずくのを見て、母親が言った。

「じゃ、その世話になったばあちゃんが、ちっともおまんまを喰べないとしたら、おまえだって心配だろ」

「……」

「昨日から全然おまんまを喰べないんだよ。いくら持ってってやっても。水一杯飲もうとしないんだから」

「どうして喰べないの？」

「どうしてかわからないよ。それで困っているんだよ」

と母親は言った。

大家の清六は、伊三郎はともかく、女房のおかつは決して年寄りを粗末にするような女子《おなご》ではないから、いっとき夜逃げしたとしてもいまにきっと迎えに来るだろう。それまで様子を見たいから、取りあえず近所の者がつごうをつけ合って、ばあさんの面倒をみてくれるようにと言った。

そこで相談の結果、昼の間は家にいる信次の母親と、鋳掛屋の女房がばあさんの面倒をみることになったのである。しかし面倒をみると言っても、相手は病人ではないから、取りあえずは三度の喰い物の支度をすればいいのだった。

ところがおどろくことが起きた。ばあさんは布団にもぐってそっぽを向いたまま、飯には見向きもしなかったのである。人がいなければ喰べるのではないかと、はこんで行った膳の物を置いて来たが、時経て行ってみると喰い物はそのままになっていた。

気の強い鋳掛屋の女房は怒り出した。

「何だい、かわいそうだから面倒みてやろうというのに、見向きもしないということがあるもんかね。おはるさん、あたしゃおりるからね。あんたが面倒みるなり、大家さんに談じこむなり、勝手にしておくれ」

しかし、信次の母親は、鋳掛屋の女房のように怒る気にはなれなかった。家の者に見捨てられた年寄りが、ひょっとしたら自分で死を選ぼうとしているのではないかという危惧が胸を刺して来たのである。

その上信次の母親の胸は、もっとさし迫った心配ごとで占められていた。伊三郎の家のばあさんが、一粒の米も一滴の水も口にしなくなってから、もう一日半になろうとしているのである。ばあさんが何を考えているにしろ、捨てておけば死ぬことはたしかだと思った。鋳掛屋の女房のように怒るどころでなく、何とかなだめすかして、年寄りに飯を喰わせようと試みた。

自分だけではだめだとわかると、近所の女房たちにもあつまってもらって説得させた。しかしすべてが無駄に終った。年寄りは貝のように口を閉じたまま、眼をつぶって女房たちを見ようともしなかったのである。

「ほっとけば死んじゃうからね、あの年寄り」

「……」

信次は目をみはって母親を見た。

「それで、いまふっと思いついたんだけど、おまえが喰い物を持って行ったらどうだろうね」

「おいらが？　どうして？」

「かわいがっていたおまえが、ばあちゃん喰べてと言ったら、少しは気持が動くんじゃないかね。それでもだめかも知れないけれどもね、やってみようじゃないか」

信次は上から布巾をかぶせたお膳を持って家を出た。あたため直してほかほか湯気が出ている米だけの白粥、梅干し、味噌漬け、それにやはりあたため直した味噌汁だけの食事だが、信次の目にはうまそうに見えた。

途中の家から外に出て来た齢下の男の子が、お膳をささげ持ってそろそろと路地を行く信次を、不思議そうに見た。

「信ちゃん、それなに？」

「おきみちゃん家《ち》のばあちゃんのおまんまだよ。昼飯をとどけるんだ」

そう言ったとき信次は、自分にあたえられた使命の晴れがましさに興奮していた。母親は、ばあちゃんは誰が何と言ってもおまんまを喰べないと言って、その役目を信次に託したのである。

つまり信次は、大人がサジを投げた役目を、かわりに果しに行くのだった。その役目をもらったことを、信次は喜んでいた。信次は子供ごころにもやはりおきみの家のばあちゃんのことが気にかかって、昨日から今日にかけて、その家の前を通るときは思わず見えている土間のあたりに目をやらずにいられなかったのである。

——おいらが言えば……。

ばあちゃんはきっと喰べるよ、と信次は思った。母親が言うとおり、信次はばあちゃんと知らない仲ではなかった。それどころか、一家が夜逃げしたあとでは、ひょっとしたら信次とばあちゃんは、この裏店で一番親しい人間なのかも知れなかった。おいらが行って、ばあちゃんがおまんまを喰べたら、みんなびっくりするぞと思った。そして信次は、ばあちゃんにぜひおまんまを喰べてもらいたかった。でないと、おっかあが言ったように死んでしまうぞと思った。

信次はそろそろとおきみの家に入った。二月の日が荒荒しく照っている路地から家に入ると、一瞬目をふさがれたように感じたほど、家の中は暗かったが、すぐに少し開いているすすけた障子と、その奥に敷いてある夜具の端が見えて来た。

信次はつまずかないように慎重に家の中に上がり、年寄りが寝ている夜具の裾の方に坐った。あらためて見回すと、以前は足の踏み場もないほど物が散らかっていた部屋の中ががらんとしていた。夜逃げといってもひと晩のことじゃねえな、前から物ははこんでたんだ、と言った父親の声が耳にもどって来た。

ケバ立った畳と、その隅に敷かれた夜具に年寄りが一人寝ているばかりの部屋の中は、外の光もとどかずに信次の眼にも寒寒として見えた。

「おばあちゃん、おまんま持って来た」

と信次は言った。そして夜具の端から出ているばあちゃんの顔を見たが、ばあちゃんは上を向いて目をつむっているだけだった。声も出さず、信次を見もしなかった。ばあちゃんの髪は真白で、顔は小さかった。頬がくぼんでそこに皺がたまっているのが見える。そのくぼみがかすかに、規則正しく動いているのを見て、信次はばあちゃんは死んだわけじゃないんだと思った。

「起きて喰べなよ、おばあちゃん」

と、信次はまた言った。持って来たお膳を押して、少しばあちゃんの横の方に回った。

「お粥と梅干しだよ。お粥はまだあったかいよ」

だがばあちゃんは目をあけようともしなかった。へこんだ頬がゆっくりと動いているだけである。

信次は途方に暮れた。どうしたらいいかわからなくなってしまった。お膳を持って帰り、喰べなかったよと言えばそれまでの話である。だが、それだけではすまないような気持が、信次をひしとつかまえているのだった。それで途方に暮れていた。青白い小さな顔だった。ぽこぺん、ぽこぺんと動いているしなびた頬だった。

信次をそういう気持にしたのは、ばあちゃんの乱れた髪だった。

ばあちゃんは伊三郎おじさんの親ではなく、親の親、祖母だと聞いたことがある。それならおきみのひいばあさんになるわけだった。齢はいくつなのか、信次にはわからなかった。しかし極めつけの年寄りだった。裏店にはほかにもばあちゃんがいないわけではないけれども、目の前のばあちゃんほど年取り、子供のように小さくしなびて歩くのもやっとという年寄りはいない。

そのばあちゃんが、物も言わず、おまんまも喰わずに寝ている姿はかわいそうだった。ぼんやりとだが、信次にはばあちゃんのいまの気持がわかるような気がした。やはり家の者がいなくなったのがわるいのだ。信次はばあちゃんをなぐさめてやりたかったが、どう言ったらいいかわからなかった。

喰べないと死んじゃうよ、と言おうかと思った。だがそれも言えなくて、言葉のかわりに涙が出て来た。信次はしゃくり上げた。

「どうしたい、信公」

不意に、弱弱しいが歯切れのいい声がした。信次が見ると、ばあちゃんが目をあけてこっちを見ていた。信次はいそいで涙をふいたが、今度はばあちゃんが口をきいたのがうれしくて、すすり泣きが号泣になるのをとめられなかった。

ばあちゃんの声だけは聞こえた。

「せっかく持って来たおまんまを喰べないから、悲しくなったのかい。よしよし、じゃうしろに回ってな、ばあちゃんを起こしてくれ」

四

表通りに走り出たところで、信次はぎょっとして足をとめた。道ばたにいつか伊三郎の家に乗りこんで来た、二人のならず者がいるのを見つけたのである。

二人の男は表店の味噌醤油商い、津川屋の塀に寄りかかっていた。そしてそこから時どき裏店に通じる路地の入口に目を配っている様子だった。当然信次の姿も目に入ったに違いないが二人は何も言わなかった。

うつむいて、信次は二人の前を通りすぎたが、男たちは声をかけて来なかった。

「兄貴、野暮用もほどほどにして、早えとこ新石場に繰りこみやしょうぜ」

「バカ野郎、能天気なことをぬかさず、しっかり見張れ」

うしろで、男たちがそう言ったのが聞こえた。二人が言っていることは、信次には半分もわからなかったが、男たちがそこで、もしやおきみの一家がもどるのではないかと見張っているのだ、ということは見当がついた。

信次は走り出した。今日裏店に遊びに来た隣町の子供が、忘れ物をして帰ったのに気づいて家を出て来たのだが、隣町に行くには少し時刻が遅かった。帰りには暗くなるだろう。

その心配と、二人の男がいる場所から一刻もはやくはなれたい気持にせかされて、信次の足は自然に駆け足になった。途中で大人にぶつかりそうになり、おっと気をつけなとどなられた。

松太郎という種物屋の息子が忘れて行ったのは、おとぎ話などが書いてある赤本と呼ばれる絵本だった。松太郎が持って来る絵本はどれもおもしろく、その上松太郎は親には見せられないような絵が載っている大人の本も時どきこっそりと持って来るので、大事にしなければならない友だちだった。忘れ物も、そのままにせずにとどければ、松太郎はまた新しい絵本を持って来るだろう。

「信ちゃん」

突然に名前を呼ばれて、信次はぎょっとして立ちどまった。そこは隣町に入ったところで、表通りの真正面に、赤赤と沈みかけている日が見える。

信次の名前を呼んだのは女だったが、夕日を背にしているので、顔がお面をかぶったように真白に見えた。だが声音と身体つきで、すぐにおきみの母親だとわかった。

「あ、おばさん」

「いまごろどこへ行くの」

「三丁目の種物屋さんとこ。おばさんは？」

するとおきみの母親はため息をついた。

「ちょっと、ばあちゃんの様子を見に行って来ようと思ったんだけど」

「やめなよ」

信次はあわてておばさんの袖を引っぱると、道の端に寄った。声をひそめた。

「見張りがいるよ」

「見張り？」

おばさんは目をみはったが、すぐにうなずいた。

「やっぱりね」

「今日はやめた方がいいよ」

「そうね、その方がよさそうだね」

おばさんは、丸い顔をうつむけて思案にくれる表情になったが、やがて顔を上げた。

「うちのばあちゃん、どうしているかしら」

「元気だよ。ちゃんとおまんまを喰べてるよ」

「ごめんね、みんなに迷惑をかけて」

おきみの母親は十歳の信次にそう言うと、また深深とため息をついた。

「ばあちゃんも連れて出るつもりだったんだけど、間に合わなくなって。大家さん、怒っていただろうね」

「……………」

「信ちゃん、今日ここであたしに会ったことは、ほかの人に内緒にしてくれる？」

「うん」

「ありがと。それからばあちゃんにね、いまにきっと迎えに行くからと言ってたと、こっそりと伝えてくれるね」

「いいよ」

おきみの母親は、信次に小さな包みを預けた。ばあちゃんの好物の団子だと言った。そして手を合わせて信次をおがむと背をむけた。小太りのうしろ姿は、たそがれの町にあっという間に溶けこみ、信次がおきみの様子を聞くひまもなかった。

信次がおきみの母親に会ったことを伝えると、ばあちゃんにぐんと食欲が出て来た。しかし伊三郎も、おきみの母親も現われず、日が過ぎて行った。

おきみの母親に会ってからひと月近くたち、花も散ったころ、信次は外から裏店に帰って来た。路地はうす闇につつまれていて、木戸をくぐるとき信次は首をすくめた。いまごろまで、どこをほっつき歩いていたかと、母親に怒られるのが目に見えていたからである。

いそぎ足に、信次は路地を歩いた。裏店の家家は、灯をともした家もあり、まだ灯のいろが見えずまっくらな家もあったが、一様に闇の中に沈みかけていた。その家家の上に、日没の名残りをとどめる空がひろがって、かすかな反射光を地上に投げている。夜気にうるんだように生あたたかかった。人の姿は見えなかった。

伊三郎の家の前まで来て、信次は足をとめた。自分が見たものが信じられず、恐怖で髪が逆立つような気がした。音もなく、少しずつ少しずつ内側から戸が開いて行く。ばあちゃんがあけるはずがなかった。ばあちゃんは日が暮れると早早に眠ってしまうのだ。

戸は開き切った。そして信次の前に男が躍り出て来た。その男はにやにや笑った。

「よう、信公」

と言った。伊三郎だった。長身で男ぶりがよく、うす闇の中でもいなせな姿が目立ったが、伊三郎は背に人を背負っている。ばあちゃんだった。

「話は聞いたぜ。世話になったな、信公。おとっつぁん、おっかさんに、よろしく言ってくれよ」

伊三郎はそう言うと、背中のばあちゃんをゆすり上げて、ばあちゃん行くかと言った。

ほい、ほい、ほいと伊三郎はおどけた足どりで、路地を遠ざかって行く。その背に紐でくくりつけられたばあちゃんが、伊三郎の足に合わせて、さし上げた両手をほい、ほいと踊るように振るのが見えた。

——ばあちゃん、うれしそうだな。

と信次は思った。すると腹から笑いがこみ上げて来てとまらなくなった。母親の説教など少しもこわくなくなっていた。信次は自分も両手をさし上げて、おどけた足どりでほい、ほいと言いながら路地を家の方に歩いた。

「藤沢周平をよむ」江戸の豆知識３

（聞き手・松平定知）

深川江戸資料館
久染健夫さんに聞く

表店《おもてだな》・裏店《うらだな》

――藤沢さんの作品を読んでいますと「裏店」であるとか、「裏長屋」とかという言葉がよく出てきます。では表とは何か、裏とは何かをご紹介したいと思います。

久染　表店というのは、商店や問屋などが並んでいて、人々が働く場所、（大八）車なども通る、表通りに面した店です。裏店というのは、店のすぐ横にある小さな木戸の向こう側が

表店（米屋）

裏店となります。

――裏店といっても店はないんですね。

久染　「店」と書いてありますが、建物のことなんですね。通りの両側に「長屋」という居住空間が続いています。こういうところは「間口《まぐち》九尺奥行二間」という……。

――よく言いますね。

久染　室内の区割りをすると土間が一畳半分あって、奥に四畳半の居間があるつくりですね。

――長屋の障子には「於し津」「秀次」といった名前が書かれていますが、これは表札代わりになっているんですね。

久染　訪ねてきた人がすぐに誰の家かがわかるようにという工夫ですね。障子や畳も自分の財産なんですね。だから引っ越すときははずして持っていくんです。

――これは長屋のものではないんですか？　へー。

木戸の向こうが裏店

久染　だからどこでも合う寸法のものになっています。

――長屋での大家の役割ですが（再現されている長屋の）大家さんは誰ですか。

久染　裏木戸のすぐそばのお米屋さんという設定になっています。ここには大家さんの土蔵とかがあります。元々、表店と裏店を地主が建てて、管理をする大家を選ぶという仕組みです。

――つまり、大家さんというのは、地主さんと違って管理人さんなんですね。

久染　今でも大きなマンションではそうですが、長屋の人たちの面倒を見て、店賃を取って地主さんに納める。で自分は同時に表通りに面した米屋の商いをするということになっているわけですね。

（深川江戸資料館にて）

長屋の障子は個人財産！

消息

一

「ちょっと、いい」

おしなが軒下に洗い物を干していると、うしろから声をかけて来た者がいる。振りむくまでもなく、向かいの家の女房おすえのどら声だった。

おしなが手に持っていた洗い物を小盥《こだらい》にもどして振りむくと、おすえは、あんたも帰りが遅いから大変だねと言った。裏店《うらだな》の路地には、もう薄暮のいろがただよっている。しかし声をかけて来たのはそういう世間話のためではなかったらしく、おすえはずいと身体《からだ》を寄せて来た。

「ちょっと聞き捨てならないことを耳にしたもんだからね」

「何でしょ?」

「今日、両国の人ごみの中で、ほら、前ここに住んでいたおきちさんに会ったんだけどさ」

おすえはあごを引いて、金つぼまなこをおしなに据えた。そして声をひそめた。

「あのひと、あんたのご亭主を見かけたというんだよ」

「まあ」

と言ったきり、おしなは声が出なくなった。鳩尾《みぞおち》の上で濡れた手を握りしめた。

その様子を見ながら、おすえが言った。

「場所は六間堀町の川岸だって」

「……」

「ほら、あのひと林町に引越したから。たまには六間堀の方に行くことがあるんじゃない？」

「おきちさんがうちのひとを見たというのは……」

おしなはやっと落ちつきを取りもどして聞き返した。

「いつごろのことでしょうか」

「去年の暮近くだそうだよ」

「去年の暮……」

ずいぶん前のことだ、とおしなは思った。いまは七月の半ば過ぎ、夏も終ろうとしているところである。

「ほかに、おきちさん何か言ってませんでした？」

「酒に酔ってたそうだよ、作次郎さんは……」

とおすえが言った。

「まだ日があるうちだったって言うんだけど、飲み屋から赤い顔をして出て来たのを見たんだって」

「……」

「声をかけようかと思ったけど、連れがいたんでかけそびれたとも言ってた」

「連れは？」

「男だよ。二人とも、あまりいい身なりはしていなかったそうだけど、気になるんなら一度おきちさんをたずねたらいいじゃないか。もっとくわしい話をしてくれるかも知れないよ」

「ええ」

「もっとも、いまのあんたにはもうどうでもいい話かも知れないけど……」

おすえは不意に皮肉な口調になって言った。

「あたしも、聞いたことを話さないでおくのは気持がわるいもんだからね」

おすえが離れて行ったあと、おしなはしばらくぼんやりと裏店の屋根の上にひろがる空を見上げた。

ひと筋の、勢いのいい筆で描いたような雲が空を斜めに横切っていて、そこにさっきまで空半分を染めていた夕映えの名残りが残っていた。その雲だけを残して、空は一面の青黒い鋼《はがね》いろに変ろうとしている。

おしなは顔を足もとの盥にもどした。路地はいよいよ暗くなって、さっきまでうろちょろと家を出たり入ったりしていた裏店の子供たちも、もう姿を消していた。

おしなはいそいで、軒下に張ってある縄に残る洗い物をつるしはじめた。だが頭の中にはまだおすえの声がわんわんと渦巻いていて、ともすればその声に気を取られて手先が留守勝ちになった。

夫の作次郎が突然に姿を消してから、ざっと五年ほどになる。作次郎は神田の本《ほん》銀《しろがね》町二丁目にある太物《ふともの》問屋伊豆屋の手代で、おしなとは、姿を消すほんの一年前に、同じ北神田の田所町にあるこの裏店に所帯を持ったばかりだった。

失踪の原因は皆目わからなかった。夫が姿を消して二日ほど経ち、おしなが伊豆屋に様子を聞きに行こうとした矢先に、その伊豆屋の番頭だという男が来て、作次郎はもどっていないかと聞いた。おしなが、何の便りもないと言うと、番頭はしつこくは訊ねず、そのうちもどるだろうから、お役人にはとどけない方がいいだろうと言った。

それっきりだった。伊豆屋からは二度と人はたずねて来なかったし、思いあまったおしなが伊豆屋に相談に行ったときも、店の扱いはつめたかった。

番頭の言葉や、店の者の態度から、おしなは夫の作次郎が店の金を使いこんで姿をくらましたのではないかという疑いを持った。おしなも、所帯を持つ前は伊豆屋からほど遠からぬ駿河町の太物屋に奉公していたので、そういう例をまるっきり知らないわけではなかった。

しかしまさか夫の失踪を隠しておくわけにもいかず、おしなはとどのつまり大家に夫が家にもどらないととどけて出たのだが、それ以上さわぎ立てなかったのは使いこみの疑いが穿鑿《せんさく》の気持を鈍らせたせいだったろう。

さわぎ立てなければ、夫は番頭が言うとおり、そのうちにもどって来るかも知れなかった。そう思って、おしなは待つ決心を固めた。腹に子供がいたし、またおしなは下谷に伯父夫婦がいるだけで、ほかに頼って行くような肉親もいなかったから、所帯を持った裏店で夫を待つしかなかったのである。

——しかし……。

何のためにお金を使いこんだのだろう、と思うゆとりがもどって来たのは、夫が姿を消してから半月余も経ったころだった。思いあたることは何もなかった。世話する人があって所帯を持ったものの、おしなは夫の作次郎を、そんなによく知っているわけではなかった。

わかっているのは一緒に住んだ一年の間のことと、夫の口から断片的に聞いた子供のころの話ぐらいである。夫は伊豆屋の子飼いの奉公人で、孤児になったところを伊豆屋に養われたということだった。ほかには所帯を持つ前のことは何も知らないにひとしかった。

——女かしら？

思案の末に、おしながたどりついた推測はそれしかなかった。そう思ったとたんに、おしなの胸をどっと嫉妬の炎が焦がした。こんなにも夫を愛していたのかと、おしな自身がおどろくほど、嫉妬はぎりぎりと胸をしめつけて来た。

「女に決まってんじゃないか。なにをいまごろ、寝ぼけたことを言ってんのさ」

うかんで来た疑いを、一人の胸にはしまっておけなくて、一緒に洗い物をしていたおすえに打ち明けると、おしなはたちまち嘲笑を浴びた。

「裏店の者は、あんたに言わないだけ。はじめからそう思ってたよ。しっかりおしよ、あんた作次郎さんに捨てられたんだよ」

やっぱり女なのか、とおしなは思った。女が出来て店の金を持ち逃げしたのなら、夫はもうこの裏店にはもどって来ないかも知れない、とおしなははじめて思った。そして、その予感はあたって、作次郎の消息はふっつりと絶えたまま、五年が過ぎたのである。

「おっかさん、まあだ？」

暗い家の中からひょっこりと出て来たおきみが言った。

「おきみ、腹へっちゃった」

「はい、はい。いますぐにね」

おしなはあわてて、最後の洗い物を干すために身体をのばした。すると母親の前垂れをつかんだおきみが言った。

「今晩も、あのおじさん来る？」

「さあ、どうかしら」

どきりとしておしなは子供の顔を見た。子供の頭に手を置いて言った。

「おきみは龍吉さん嫌いなの？」

「そうでもないけど……」

とおきみは言った。だが、おきみの表情はうす闇に覆われてはっきりとは見えなかった。

二

おしなの話を聞き終ると、龍吉はしばらく首うなだれていたが、ようやく顔を上げておしなを見た。

「それで？　あんた、どうするつもりなんだい」

「どうするって？」

「ご亭主を探しに行くのか」

「さあ」

とおしなは言ったままうつむいた。おすえから聞いた話はそのままに放っておけるようなものではなかった。胸のずっと奥の方で、気持が波立っていた。だからたずねて来た龍吉にも打ち明けたのである。

しかし、そうかといってすぐにも作次郎を探しに行こうと思うまで、気持が固まっているわけではなかった。

「どうしたらいいのかしら」

「一応その、おきちさんとやらに会って、話を聞いてみたらどうだろう」

と龍吉が言った。

「それで、手がかりがつかめたらご亭主を探してみる、と。それでいいんじゃねえのか」

「……………」

「ほんとは探してなんかもらいたくねえけどよ」

龍吉は顔ににが笑いをうかべた。

「でも、あんたの顔を見るとそれじゃ済みそうもねえもんでね。無理してすすめてるんだ」

「心配かけてごめんなさい」

「いいんだよ」

龍吉は笑いを消すと、額に若い者らしくもない縦皺《じわ》をきざんでうつむいた。

「おれも、ご亭主のことはずっと気にしてたんだ。ちょうどいい機会だから、探しあててきっぱり話をつけたらいいじゃないか。そしたら、こっちも天下晴れて所帯を持てるというもんだ」

「ええ」

「もっとも、探しあてたらやっぱりご亭主の方がよかったというんじゃ、おれとしては立つ瀬がないわけだけれど」

「そんな、龍吉さんに恥を掻かせるようなことをするもんですか。心配しないで、あたしは捨てられた女なのよ。あのひとには、恨みこそあれ甘い気分なんかこれっぽちも持ってないんだから」

「それなら安心だけどよ」

と龍吉が言った。愁眉をひらいたというふうに、現金に明るい顔になっている。

おしなは村松町にある料理茶屋「小松」に、日のあるうちだけの下働きに雇われている。酒の席には出ない約束だった。龍吉は、「小松」に出入りしている大工の徒弟で、時おり仕事で台所口に顔を出している間におしなと知り合った。年季は明けているが、まだ親方の家で働いている若者である。齢はおしなより三つ下だった。

「よし、話はそれで済んだ」

龍吉は若者らしい早い気持の切り換えで、もう作次郎のことは頭から追いはらったらしく、尻をすべらせておしなのそばに来た。そして、いいだろうと言うと行燈《あんどん》に手をのばした。灯を消そうというのである。

「ちょっと待って」

とおしなは言った。龍吉の手を押さえて、部屋の隅に寝ているおきみを見た。

「大丈夫だよ。よく眠っているって」

おしなの手を振りほどきながら、龍吉がそう言った。せっかちな若者の顔になっていた。

龍吉が言ったその言葉で、おしなは二年前の夏の夜を思い出していた。季節はいまよりずっと前で、川開きの夜だったに違いない。遠くで花火の音がしていた。その夜、おしなの家に遊びに来ていた龍吉が、そう言って行燈の灯を吹き消したのだ。そのあとの闇の中で見た夢を、おしなは思い出している。

だが、手は強く男をこばむ形で動いた。

「ちょっと待ってね」

「どうしたんだい、いったい」

龍吉が不満そうに口をとがらせた。

龍吉は職人らしく浅黒い顔をしているが、美男子だった。裏店の女たちは、おしながはじめて龍吉を家に連れて来たとき、ひと目でおしなのいいひとだと見破ったに違いない。龍吉は目立つほどの男ぶりをしている。

だが、いま口をとがらせておしなに不平を言っている龍吉の顔には、まだ大人になり切っていない、未熟な感じが出ていた。その感じは、時どきおしなを不安にさせるものでもあった。

「あのね」

おしなはもたれかかって来る龍吉の身体を押しもどした。

「このごろ裏店の人たちに言われてんですよ。ゆうべは早くから灯が消えたじゃないかって」

「言わせておけばいいじゃないか」

龍吉の顔ににじれったそうな表情がうかんだ。

「いちいち気にすることはねえよ。おれたち、いずれは所帯を持つんだから」

「裏店の口だけじゃないのよ」

とおしなは言った。

「おきみももう赤ん坊じゃないから。けっこう大人のすることを見ているし」

「おれが嫌いなのかな、この子」

「そんなこともないでしょうけど、龍吉さんの方は大丈夫なの」

「あたりまえだよ。みんな承知で所帯を持とうと言ってるんだ」

龍吉は憤然と言ったが、それ以上強いておしなに手を触れようとはしなかった。気勢をそがれたのかも知れなかった。

龍吉を木戸の外まで見送ってもどると、おしなは行燈のそばに坐って、深深とあごを襟にうずめた。

龍吉をこばんだのは、裏店の女房たちの口がうるさいからでも、おきみのせいでもなかった。五年ぶりに耳にした夫の消息が胸に蟠《わだかま》っていて、若い男に抱かれるような気分ではなかったのである。

――やっぱり……。

探しに行くしかないと、おしなは決心がついた。

まず、林町に住むおきちに会って、そのときの有様をくわしく聞き、それから作次郎が酔って出て来たという飲み屋をたずねて行けば、ひょっとしたら居所を探す糸口が見つかるかも知れない、とおしなは思った。

会ってどうするという考えは、まだ思いうかばなかった。ただ夫が生きているなら、一度は会わなければという気持にせかされていた。「小松」にうまく言いわけして、休みをもらわないととおしなは思った。

三

「作次郎さんは、ここに来たときはたしかに日雇いをしてたと言ったんだ」

と、顔もむき出しの腕も丸い、大柄な女房が言った。

「でも、引越して来たときは、ちゃんと隣近所に物を配って挨拶に回ってね。物たってあんた、安ものの鼻紙だけどね、でも、いまどきずいぶんきちんとしたひとじゃないかって、みんな言ったわけ……」

「……」

「だってあんた、近ごろは越して来ても挨拶ひとつしないなんて若い者もいるんだからね。そこへ来ると作次郎さんは、あんたの前だけど、やつれちゃいたけれども人品いやしくないところがあってさ。あのひとは以前はしかるべく暮らしてたひとに違いないなんて、みんなでうわさしたものさ。あんたの話で腑《ふ》に落ちた」

「そうだったんですか」

「そうとも。もっとも日雇いに要るのは人品よりも腕力だけどね。あたしの話を聞いた亭主が、よし、そういうひとなら一肌脱ごうじゃないかって世話を焼いたわけ。あたしの亭主はばかりながら根っからの日雇いでさ、いい親方についてたんだよ。だから作次郎さんも、亭主の口利きだから仕事場でもそんなに辛い思いはしなかったはずだよ」

「ありがとうございます」

「それがさ、ひょっこりといなくなったんだよね」

ほっぺたの赤い大柄な女房は、やっと本題に入った。

「いえさ、夜逃げというのでもないの。あるとき、と言ってもほんの半月ほど前のことだけどね、いやにいつまでも寝てるなと思ったら、昼過ぎになって戸が開いて、風呂敷包みを持った作次郎さんが出て来たんだ」

「………」

「と言っても、あたしが見たわけじゃない。その日はあたしも朝から亭主の仕事場に出て、畚《もっこ》をかついでたもんでね。出て行く作次郎さんを見たのはおつねと言ってね、ここの一番奥の鋳掛《いか》け屋のおっかあなんだよ。作次郎さんはおつねと顔を合わせると、大変お世話になったけど急に引越すことになった、みなさんによろしく伝えてくれってね、尋常な挨拶だったたって」

「すると行先は？」

「それがさ、あたしがいればもちろん聞いたよ。だけどおつねは、引越すと言われるとぽかんとしちゃって、それじゃ、ま、お大事にねと言ったというから笑っちゃうよ。でも、後で聞いたところによると、作次郎さんは大家さんにも行先をことわっていないんだ」

「……」

「それっきり、行方知れずになっちゃった」

女房は口をつぐんでおしなを見た。そして木戸のそばで裏店の子供と遊んでいるおきみにちらと目を走らせてから、手を腰にあてたまま裏店の方にぐいとあごをしゃくってみせた。

「そこ、三軒目が作次郎さんが住んでいた家だよ。いまはほかのひとが入ってるけど、留守だからのぞいてみるかい」

「いいえ」

おしなは首を振った。重い疲労感に襲われていた。

女房に礼を言い、まだ遊んでいたそうなおきみを連れて、おしなは裏店を後にした。

木戸を抜けて路地を少し歩くと河岸道に出た。

そこは深川の西平野町という町だった。目の前を流れる掘割を、荷を積んだ小舟が通りすぎて行くのを、おしなはぼんやりと見送った。傾いた秋の日が、蜜柑《みかん》いろの力ない光を深川の町町に投げかけていて、小舟の船頭が竿をあやつるたびに、竿からこぼれる水と掻き乱された掘割の水が、きらきらと日をはじくのが見えた。

おしなは目を上げた。岸に枯れ色が目立ちはじめた掘割のむこうに、これまで来たこともない深川の町が、淡い日射しを浴びてひろがっていた。その町町のむこう、どことも知れない場所に、今度こそふっつりと作次郎が姿を消してしまったのをおしなは感じている。

しかし、ここまで跡をたどって来られたことが、あるいは幸運だったのかも知れなかった。林町に住むおきちに聞いてたずねて行った六間堀町の飲み屋では、作次郎のことはおぼえていなかったが、もう一人の男のことはよく知っていた。男は地元の人間で、その飲み屋の常連だったのである。

だがたずねて行った半蔵長屋というところには、飲み屋の常連の男はいたが、作次郎はいなかった。ただ、弥吉という作次郎とつき合っていたその男が、作次郎の行先を聞いていた。作次郎は、北本所の先にある瓦屋に仕事が見つかって、そっちに引越して行ったのだという。

ところがようやく探しあてた奉公先の瓦屋にも、作次郎はいなかった。三月《みつき》ほど働いて、その手間を手にすると今度は深川の木場に行くと言って瓦屋をやめたのである。

「力仕事にゃ向かねえ身体で、瓦職人は無理だった。木場に行ったたっておめえを使ってくれるところなんかあるもんかと言ってやったんだが、作次郎と言ったかい、あの男はきかなかったな。あてがあるとか言って出て行ったんだ」と、作次郎を雇っていた瓦屋の親方が言った。

瓦屋の親方の危惧は、そのままおしなの危惧になった。木場をたずねても、作次郎の消息が知れるとは限らないと思いながら、おしなはつぎには深川の東はずれまで行ったのだが、案に相違してそこにも作次郎がいた痕跡は残っていた。相馬屋という材木屋で、作次郎は働いていた。

ただし作次郎は、瓦屋の親方が忠告したとおりに長くは木場人足は勤まらなかったらしく、ほんのひと月ほどいただけで相馬屋をやめ、今度は西平野町に移っていた。落ちつき先を世話したのが、木場の人足仲間だった。その落ちつき先が、いまおしなが出て来た裏店である。

この裏店は居心地がよかったのか、作次郎は半年近くもここに住んで、日雇い仕事に精出している。

――もうひと息だったのに……。

とおしなは思った。おきちの話を聞いて、おしなが夫の行方を探しはじめたころも、そのあと北本所の先の瓦町、木場と跡をたどっている間も、作次郎はずっとこの裏店にいたのだった。もっと手早く跡を追えば間に合ったのに、と思うと、おしなの胸は後悔で押しつぶされそうになる。

しかしおしなは料理茶屋で働いていて、まとめて休みをもらうなどということは思いもよらなかったのである。おかみの機嫌がよさそうな時を見はからって一日の休みをもらうのが精一杯だった。

そしてその一日は、瓦町の一帯に点在している瓦焼き場を聞きまわるだけで、たやすく潰れたのである。作次郎の行方を追いはじめたころに、まだ夏の暑熱を残していた季節は、おしなが西平野町の裏店にたどりついたときには秋に変っていた。仕方がないことだった。

おしなは深いため息をついた。そして、ここまで跡を追って来て、わかったことがもうひとつあると思った。作次郎のまわりに女っ気がなかったことである。その事実は、では何のために使いこみをしたのだろうという疑問とはべつに、おしなの気分を重くした。

龍吉とのことをうしろめたく思うのではなかった。ただ、女の気配もなく、何かに追われるように転転と居所を変えている夫が哀れでならなかったのである。夫は実際に、いまもお上の手に追われているのではなかろうか。

気を取り直して、おしなはおきみを見た。母親の気持を感じ取っているかのように、手をひかれたままじっと押し黙っていたおきみも、そのとき母親を見上げた。

その顔に、おしなはつとめて明るく笑いかけた。

「さあ、日が暮れないうちに帰らなきゃね」

と言った。

だが、おしなが田所町の裏店にもどったときは、日はあらかた暮れて、家家の窓から仄明《ほのあ》かりが洩れる路地には、行燈の火を燃やす安物の魚油の匂いがただよっていた。

その仄明かりの中に、人が立っているのが見えた。両国橋まで来たところで歩けなくなったおきみは、背負うとすぐに眠りこんでしまい、背の上で石のように重くなっている。

そのおきみをゆすり上げながら、おしなが人影に近づくと、「あ、来た来た」という声がして、人影が二人にわかれた。裏店のおすえと林町に住むおきちだった。

「あんたを待ってたんだよ」

とおすえが言った。

「こんなに暗くなるまで、いったいどこに行ってたのさ」

「深川まで」

とおしなは答えた。立ちどまると、積もる疲れのために足が顫《ふる》え出しそうだった。

「あのひとが住んでたところがわかったもので、今日は休みをもらって探しに行ったんです」

「それで、会えたのかい」

いいえと言って、おしなはうなだれた。

「たずねて行ったら、もうどこかに行ってしまったあとだったんです」

「そうだろうさ」

とおすえは言ったが、つぎに意外な言葉をつづけた。

「でも、安心おしよ。ご亭主は見つかったってさ。それも昨日見つけたばかりだから、今度は大丈夫さ」

「え？　ほんとですか」

「ほんとだとも」

とおきちが話を引き取った。

「びっくりしなさんな。あたしの隣町が徳右衛門町。三ツ目の橋があるとこだよ。その町に大黒屋という紙問屋があってね。どうやらあんたのご亭主は、そこで働いているようだよ。荷はこびが仕事らしくて、車力みたいななりをしていたけど」

「おきちさんは、その近所まで用で行って気づいたんだってさ。でも、間違えちゃいけないから夕方にもう一ぺん行って確かめたそうだよ」

「おばさん、ありがとう。なんて礼を言ったらいいか」

　言うと同時に、おしなは不意に目まいに襲われて、身体がぐいと傾くのを感じた。おっとっとと言いながらおきちがおしなをささえ、おすえがすばやく背中のおきみを抱き取ってくれた。


「あわてることはないよ。もう少しすると出て来るから」

と附きそっているおきちが言った。おすえの家で白湯《さゆ》を一杯もらって飲み、それからとんぼ返りでさっき通りすぎた南本所にもどって来たのだが、徳右衛門町二丁目の家家はほとんどが戸を閉めていた。

　しかし目ざす大黒屋は、半分ほど開いている潜《くぐ》り戸の奥に弱い灯の色がちらつき、また町の奥の方には夜商いの店が一軒、そのむかい側の旗本屋敷の角のあたりには辻番所と思われる提灯《ちょうちん》の灯も見えて、町はまっくら闇というわけではなかった。

「ほら、出て来たよ」

　と言って、おきちがおしなの背を押した。言われるまでもなく、おしなの目にも大黒屋から出て来た男たちが見えた。男たちは三人。そして一番最後に表に出て来たのが夫の作次郎だと、暗がりの中なのにおしなはひと目で見わけた。

　おしなが足を踏み出したとき、いったん外に出た作次郎が、もう一度潜り戸に首を突っこむのが見えた。作次郎は中にいる人間に何か言いながらぺこぺこと頭を下げている。そこにいま作次郎が落ちこんでいる境遇が出ていた。卑屈な姿に見えた。その間に、先に出た二人はさっさと暗い通りを遠ざかって行った。

　潜り戸がしまり、作次郎が道に向き直ると、二人は身体がぶつかりそうになった。二人ともに棒立ちになった。そしてしばらく無言で相手を確かめ合ったあとで、先に泣き出したのは作次郎の方だった。

　作次郎はずるずると地面に膝をつくと、おしなの腰にしがみついて堰《せき》が切れたような泣き声を立てた。おしなは手をのばして夫の頭を抱えた。道の端におきちがまだいるかどうかを確かめようとしたが、目に涙が溢《あふ》れて見えなかった。

四

おしなの話を聞き終った伊豆屋の主人善兵衛は、しばらく黙っていた。お茶を一服してから、やっと声を出した。

「いや、おどろいた話だ」

と善兵衛は言った。

「あんたの話がほんとなら、あたしは菊之助と番頭にすっかりだまされていたことになる。うん、あり得ないことじゃない。五年前というと、あたしはそのころ長患いで寝こんでいてね。店のことは伜と番頭にまかせ切りだったのです」

そう言うと、突然に善兵衛は手を叩いた。善兵衛は長身で痩《や》せているが、手のひらは大きかった。打ち合わせた音は遠くまでひびいたろう。どこからか、はい、ただいまという女の声がした。

いまにわかります、と善兵衛は言った。

「番頭を呼んで問いただしてみましょう」

濡れた手を拭き拭き現われた女に番頭を呼ぶように言いつけると、間もなく中背で肥え太った五十がらみの男が茶の間に来た。まぎれもなく、作次郎が失踪した五年前に、裏店の家にやって来た男だった。

番頭は二重瞼《まぶた》の細い目をちらとおしなに向けたが、すぐに主人に向かって何かいそぎのご用でも、と言った。

「このひとをおぼえているだろうね、利平さん」

と伊豆屋の主人が言うと、番頭は小さな声でへいと言った。

「むかしお店にいた作次郎の女房でしょう」

「店にいたという言い方はないでしょうよ、番頭さん」

主人の善兵衛はきびしい声を出した。

「作次郎のかみさんはおしなさんというそうだが、おしなさんの話によれば、おまえさんと菊之助は、五年前に菊之助の使いこみの罪を背負わせて、作次郎を店の外にほうり出したんだそうじゃないか」

「………」

「菊之助が使いこんだ金は、同業の森田屋と美濃屋に支払うつもりの金だった。あわせて五百五十両の大金だ。使いこんで支払えませんでは済まない。だから使いこみの罪を着せて、おまえが姿を消してくれろ、そうすりゃ言いわけの筋道も立つと、作次郎に因果をふくめたというのはほんとの話かね」

　番頭の利平は黙ってうつむいていたが、やがて顔を上げると細い目を主人に向けた。

「そのとおりです」

「なんでそんなことをしたのです」

　善兵衛は声を荒げた。

「いくら使いこんだといっても五百両の金。ほかにつきあいのある同業がいないわけじゃなし、おまえさんの才覚で金策して、森田屋と美濃屋の支払いを済ませる道はなかったのかね」

「はばかりながら旦那さま。どうぞあのころのことを思い出してくださいまし」

　と番頭が言った。

「旦那さまは長患いの床におられ、商いの方は同業に喰われて不振のどん底。伊豆屋はいつ潰れるかと、同業の方方の恰好のうわさ話になっていたのです。とても金を貸してくれるところがあるとは思えませんでした」

「………」

「それに肝心の若旦那の使いこみのことですが、じつは若旦那が遊びに使ったのはほんの百両ばかり。ほかは商いの思惑違いから来た、はっきり申し上げますと仲買いの枡蔵にはめられて出した損なのです」

「なんで枡蔵なんかに……」

「若旦那は焦っておいでだったのでしょう。それで枡蔵の口車に乗りました。支払いの用意金に手をつけたのです。わたくしがそれを知ったのは、四百両の金を手にした枡蔵が姿をくらましたあとのことです。そのあとで若旦那は、残りの金を握って吉原に走りました。自棄《やけ》を起こしたのです」

事情を知った利平がまず頭を痛めたのは、支払いの日が来たときに森田屋と美濃屋にどう言いわけするかだった。

金の用意が出来ていないとは、口が裂けても言えなかった。森田屋と美濃屋には、これまで再三にわたって日延べを頼んで来たのである。これ以上待ってくれとは言えなかった。

もちろん若旦那の菊之助が用意金に手をつけたことは、言いわけの種どころか、ちらりとも人に洩らしてはならないことだった。真相が同業に洩れれば、伊豆屋の二代目はその程度の器量かと侮られ、商い不振どころか、やがて相手にする者もいなくなるだろう。

「旦那さまはご重病で、とても商いにおもどりになれるとは思えぬ有様……」

と番頭は言った。

「お店の蓄えといえば五百両どころか、そのころは五十両にも足りませんでした。若旦那はすっかり自棄になっていましたし……。にっちもさっちも行かなくなって、作次郎に因果をふくめたのです」

「それで？　作次郎はうんと言ったのかい」

「はい」

「かわいそうに。あれは子連れでこの家に奉公に来た母親が、一年も経たぬ間に病死してしまって、それで、わしの死んだ連れ合いが哀れがって子供から育てた奉公人だからな。菊之助の身代りと言われてはことわれなかったろうよ」

「………」

「それで森田屋さんたちへの言いわけは、うまく行ったんだね」

「はい。分け払いにしてもらいまして、旦那さまが元気になられて、お店に出られるほんの少し前に支払いは済みました」

「と言うと、去年の暮あたりかね」

「そうです」

「事情はわかったが、森田屋さんの口から使いこみが洩れて、お上が行方をさがしていると作次郎を脅したのは行きすぎじゃないかね」

「……」

「外に洩れたというのは嘘だろう」

おしなは顔を上げて番頭を見た。作次郎が五年もの間転転と居所を変えたのは、番頭にそう言われてお上に追われていると信じこんだからである。

それが嘘だとしたら、このひとは本物の悪党だと思っていると、番頭もちらりとおしなを見た。おしなの視線がきつかったのだろう。番頭は頭を垂れた。

「申しわけありませんでした。でも、支払いが済むまでは作次郎にこのあたりをうろつかれてはならないと思いましたのです」

「自分勝手のことを言うもんじゃないよ。五年もの間、妻子から離されてびくびくと逃げ回っていた作次郎の気持も思いやるがいい。よくもそんなむごいことが出来たもんだ」

善兵衛は荒荒しく言った。

「菊之助が帰って来たらここに連れて来なさい。二人でまず作次郎のかみさんに詫びる。話はそれからです」

半刻ほどして、おしなは伊豆屋を出た。善兵衛に強いられて、番頭と外からもどった伊豆屋の息子の詫びを受けたが、気持はさほどに晴れなかった。恨みが残った。

善兵衛は、作次郎に店にもどるように言いなさいと言ったが、おしなはそれにもあまり気乗りしなかった。夫の決めることだから即答を避けて帰って来たが、それではと、夫が伊豆屋の奉公人にもどるとは思えなかった。いくら人のよい夫でも、今度は主家のつめたさが身にしみたのではないか。

――あら。

おしなは立ちどまった。ほんの四、五間先の路地から、おしながさしかかっている大伝馬町の通りに出て来た若い男女がいる。肩をくっつけ合って歩いて行く男の方が龍吉だった。

そしておしなは、女の方にも見おぼえがあるような気がしたのだが、女が龍吉に笑顔で何か言いかけた横顔を見てはっきりした。女は同じ「小松」で働いているおうめだった。色白で、わずかな受け口がかわいい若い娘である。

――おや、まあ。

おしなはにが笑いしたが、その笑顔がすぐにこわばるのを感じた。

時刻はまだ七ツ（午後四時）前で、町には人が溢れていた。その中で龍吉がひと目も憚《はばか》らずおうめの肩を抱き寄せたのが見えたのである。二人はそのままの恰好で歩いて行く。見送ってから、おしなはつと横町にそれた。

五

風呂敷包みをつくり終ったあと、おしなはもう一度家の中を隅から隅まで掃きにかかった。

まだ明るいうちに茶箪笥と長火鉢を古道具屋に持って行ってもらい、台所の鍋、釜の類は昨夜のうちに夫が住む徳右衛門町の裏店にはこんでしまったので、家の中はがらんとしている。

それがめずらしいらしく、おきみが家の中をはね回るのを、おしなは時どき手をやすめて叱る。

「あぶないよ。行燈につまずいたら火事になるんだからね」

叱られるとおきみはいっとき静かになるが、すぐにまた遊びのときのわらべ唄をうたいながら、台所の方まではねて行く。

そのおきみが不意に静かになったので顔を上げると、土間に龍吉が立っていた。龍吉はあっけにとられた顔で家の中を見回している。

「どうしたんだい、この家は」

「ええ、引越しですよ」

頭にかぶっていた手拭いを取りながら、おしなは言った。

「引越し？」

龍吉の顔に怒気が動いた。

「おれには何の挨拶もなしにかい」

「…………」

「おしなさんは、そういうひとだったのか」

「ご挨拶しなきゃ悪かったかしらね」

「へーえ、そういうことを言うの」

龍吉は拳《こぶし》を握りしめた。

「わかった。亭主が見つかったんだな。だからこっちは御用ずみというわけだ。たいした女だぜ。一人でさびしかった時は男をひっぱりこんでよ、用がなくなりゃ、はい、さよならだ。恐れ入ったよ、女狐だよ、こりゃ」

「ちょっと、龍吉さん」

おしなは畳に坐った。

「あんまり大きな声を出さない方がいいんじゃないかしら」

「なんだい」

「たしかに亭主は見つかったけどね。それとあんたのことはべつだと思ってましたよ。これからの相談だと。よしんばあんたと手を切るにしても、きちんと話をつけなければと思ってましたよ、あたしは」

「あたりめえじゃねえか。何言ってやがんだい」

「でも、そんな気をつかうことはないんじゃないかと思ったわけ。あたし、見ちゃったんですよ、昨日の夕方……」

「何だい、何の話だい」

と言ったが、龍吉の顔にはあきらかに狼狽のいろがうかんだ。

「ごまかさないではっきりさせましょうよ。あんた、おうめさんと約束が出来てるんじゃないですか。それだったら、こんなばあさんと二股かけるのはやめなさいよ」

「………」

「ゆうべ、じっくりと考えてみたんだ。あんたと知り合って、何かいいことがあったろうかと」

「けっこう喜んでいたじゃねえか」

「ええ、そうよ。あんたは親切だったし、顔だって亭主よりよっぽどいい男だし、あたしはあんたと知り合えたのがうれしかった。でも、来れば必ずご飯もお酒も出したし、小遣いがないと言われれば暮らしを詰めてもお金を上げました。新しい浴衣《ゆかた》だって縫ってあげたのを忘れやしないでしょ」

「……」

「あんたの方は、何かしてくれました？　血がさわいで眠れないときに、あたしを押し倒しに走って来ただけでしょ。何が男をひっぱりこむですか。ばかにしないでくださいよ」

「……」

「あたしはね、昨日あんた方二人を見たとき、なんだと思いましたよ。こんなのはごめんだって。何か言うことがあるかしら」

龍吉は青ざめて立っていた。姿がよく、やはり作次郎とはくらべものにならない見てくれのいい男だった。その男との思い出が甦《よみがえ》って来て、おしなは血がどっとさわぐのを感じたが、こらえた。龍吉が背を向けて出て行くのが見えたが、声はかけなかった。

――女狐ねえ。

龍吉とのことは一切口をぬぐって、夫のところに行こうとしているのだから、その言い方もまんざらあたっていないわけではないとおしなは思った。だが夫の作次郎が、自分がいなくてはこの先やっていけないだろうこともわかっていた。作次郎はおしなを頼り切っていた。

——出直すしかないものね。

とおしなは考える。しかしそう思いながら、自分がむかしにくらべてひどくふてぶてしい女に変ったような気もした。

作次郎は、もう伊豆屋にはもどりたくないと言っていた。大黒屋のいまの仕事に満足していた。それならそれでいいとおしなは思っている。暮らしの金が足りないところは自分も働いて、親子三人が暮らせるなら言うことはないと思う。

徳右衛門町に引越せば「小松」はやめなければならないが、それにも未練はなかった。おしなは二度と龍吉やおうめに会いたいとは思わない。内職でも何でも、新しい仕事を見つけよう。

「おっかさん、どうしたの？」

おきみの声に気がつくと、おしなはまだぺったりと畳の上に坐りこんでいた。

「たいへん、たいへん」

おしなは陽気に声を出して立ち上がると、箒《ほうき》を握り直した。

「さあ、掃除をして、おとっつぁんのところに行かなきゃ」

「うん」

「あのおとっつぁんは、目をはなすとすぐにいなくなるひとだから、そばにいてやんないと」

「そう、すぐにいなくなるからね」

とおきみが言った。

掃除を済ませ、行燈を消して戸を閉めると、おしなはおすえの家に行った。

「あんた、まだいたの」

風呂敷包みを背負い、子供の手をひいたおしなを見て、おすえが言った。

「はやく行かないと、作次郎さん、またいなくなっちまうよ」

「預かってもらったものは、亭主が明日取りに来ますから」

「明日でなくとも、いつでもいいよ」

とおすえは言った。預けたのは夜具だけである。灯を消したばかりだから、あとで一度家をのぞいてくれと、くれぐれも頼んでからおすえの家を出た。ほかの家は昼の間に挨拶が済んでいた。

子供の手をひいて、おしなは住みなれた裏店を出た。新しい暮らしがはじまる、と思った。だが不安はなく気分は満ち足りていた。表通りに出ると、のぼったばかりの明るい月が親子を照らして来た。

初つばめ

「わるいね、無理を言ってさ」

なみが言うと、しまは手を振った。

「いいんだよ、気にしなくたって……」

しまは丸顔に人のよさそうな笑いをうかべた。

「あたしの留守に男を引っぱりこむって言うんだと、焼き餅もやけるけど、相手が友ちゃんじゃね」

「そのかわり、明日の朝はおにぎりか何か持ってくるから」

「ありがと。友ちゃんと相手の人によろしく言っとくれな」

「おにぎりなんか持ってくることはないよ。おしまにはちゃんと朝飯を出す。遠慮もほどほどにおし」

いつの間にかうしろに来ていたおかみのたかがそう言った。おかみもなみの弟友吉を知っていた。そしてその弟が身を固めることになって、今夜はその相手を連れて姉のところに挨拶に来るというのを喜んでいた。

「これ、つまらないものだけど」

おかみはなみに小さな袱紗《ふくさ》に包んだ物を渡した。軽い物だった。

「紙入れさ。ほんのお祝いの気持だよ」

「すみません、おかみさん」

となみは言った。友吉がきっと喜ぶだろうと、繰り返して礼を言った。

「それじゃ、いそがしいところを相すみませんけれども、今夜はお休みをいただきます」

と言って、なみは小料理屋「卯の花」を出た。なみは、いまあとに残して来たしまもそうだが、「卯の花」の通い女中である。店の掃除をし、料理人を手伝って台所にも入れば、そのあとは着換えて客の酒の相手もする。

むかしは酒のあとで客と寝るような店を転転としたことがあるが、「卯の花」はそういう店ではなかった。「卯の花」に勤めを変えてから十年ほどになる。

馬場通りを西に歩いて一ノ鳥居を抜けた。そして黒江町の角を曲って、その先の堀にかかる橋にむかった。しまと二人で借りている長屋の家は松村町にある。

店から近所の青物屋に買物に出たりすることはあるけれども、日盛りの午後の町を歩くことはめったにない。なみは降りそそぐ春の日射しをまぶしく感じながら黒江町の道を歩いていた。

馬場通りには、混み合うほどに通行人が行き来していたのに、一歩黒江町に入るとそこは閑散としていて、なみが歩いて行く道のはるか前方に、二人ばかり小さな人影が動いているだけだった。「卯の花」よりずっと間口の狭い小料理屋やしもた屋がならぶ町のどこかに、油売りがいるらしく、油よろしゅう、えー油でございという触れ声がするが、姿は見えなかった。

町を横切って堀ばたに出たところで、目の前をすいと掠《かす》めすぎたものがあった。そのものはあっという間に白く濁ったいろをしている春の空に駆け上がり、日射しをうけてきらりと腹を返すと、今度は矢のように水面に降りて来た。

——おや、つばめだよ。

となみは思った。立ちどまって、水面すれすれに下流の八幡橋の方に姿を消すつばめを見送った。今年はじめて見るつばめだった。今年どころか、何年もつばめを見たことなどはなかったようにも思う。

父ははやく死んだが、やがて残った母も病気で倒れた。二人とも癆痎《ろうがい》という病気だと、なみと弟の友吉のめんどうをみてくれた長屋の女房が言った。古着の行商をしている、銀助という男のかみさんである。

なみたちの母親が床から起き上がれなくなると、銀助は大家や長屋の者と相談して、やがてなみを入船町の小料理屋に世話した。なみが十五のときである。

「おめえも、もう一人前だ。辛抱して働きな」

と銀助は言った。

銀助の言う意味はよくわかった。なみはそれまでも、身体《からだ》が弱い母親のかわりに家のことをしながら、大家の世話で、ごく近くにある団扇《うちわ》問屋の台所を手伝っていた。しかし余ったおかずをもらったりする余禄はあっても、そこで手に入る賃銀は知れたもので、母親が病気で寝こむとそんなことでは暮らして行けなくなったのである。

病気の母親の薬代を稼がなければならなかった。そして弟の友吉はまだ五つだった。病人と弟のめんどうをみてくれる銀助夫婦にも、何ほどかは暮らしの金を渡さなければならなかった。外に働きに出るのは当然だと思ったのである。

働きはじめた料理屋で、やがて男の客を取らされたときも、おどろきかなしんだことは確かだが、逃げ帰ろうとは思わなかった。いつまでも泣いてはいられなかった。そのころには、銀助が言った辛抱しろという言葉には、こういうこともふくまれていたのだと気づいたが、岡場所に売られなかっただけでも、まだましだったのだと考えるようになっていた。波に流されるように、浮世の仕組みの中をはこばれて行った。

三年後に母親が死んだ。一人きりになった友吉は銀助夫婦が引き取ってくれた。しかしなみはいかがわしい商売をしている小料理屋から、すぐには足を抜けなかった。

母親が死んだあとに少なくはない借金が残っていた。その借金の中には、父親が病気で寝ていたころの古い借金も入っていた。それに弟の友吉の着る物と喰い物のかかりがあった。ささやかなものだったが、長屋の人たちが母親の葬式を出してくれていて、そのかかり費用は銀助夫婦が立て替えていた。

そういうものをあらましきれいにし、また十二になって、銀助の世話で古手《ふるて》問屋に奉公に出ることになった友吉の身支度をととのえ終ったときには、なみは二十二になっていた。

それまでの間に、なみを妾《めかけ》にしたいという男が二人現われ、一緒に暮らしたいという男が一人現われた。妾にしたいという男二人はそれぞれに熱心で、借金をきれいに清算して、弟の友吉を引き取り、手当てもはずむという条件はわるくないものだったが、なみはその男たちと寝るときは、金のためとはいえ鳥肌が立った。きっぱりとことわった。そして所帯を持ちたいという男には、誠意はあっても定職がなく、金もなかった。

なみの方から入れ揚げた男も、二人ほどいた。弟など捨ててしまおうかと思うほど、惚れこんだその男たちは、二人ともなみを裏切って、二度と目の前に現われなかった。淫売という言葉を思い知らされたような気がした。なみはそのころから深酒をするようになった。正体もなく飲みつづけて、病気になり長く寝こんだこともある。

友吉が奉公に出てから二年ほど経って、なみはいまの店に勤めを替えた。ほんとうは水商売の足を洗って堅気にもどりたかったのだが、どう足を洗っていいかもわからないほど、なみは水商売の世界に身も心も染まり切っていた。しかし堅気の道を踏み出した弟のためにも、せめて男に身体を売るような勤めだけはやめようとなみは思ったのである。

首尾よく年季を勤め上げれば、友吉にも身を固める日が来て、やがては一人前の商人になる道もひらけるだろう。そういうことを考えると、なみは胸の中がほのぼのと明るくなるのを感じた。自分にはついに射さなかった日が、弟の上に射しかけるのを見たかった。

しかしそういうふうに事をはこぶためには、弟も金がいるかも知れなかった。たった一人の身内として、肩身狭い思いはさせられない。友吉が身を固めるにしろ、のれんをわけてもらうにしろ、その時のためにささやかでも、足しになるような蓄えをこしらえておいてやりたい、となみは思っていた。

「それが終ったら……」

なみがそういう話を聞かせると、同じ店で働き、二人で長屋の一軒を借りているしまは言う。

「今度は、あんたが自分のしあわせを考える番だ。いい男を見つけな」

この齢になって、いい男なんか見つかるもんか、おしまはバカだよとなみは思った。

だが、さっきのつばめがたちまちもどって来て、白い腹を見せて頭上を飛びすぎるのを見ていると、何かいいことがありそうな予感が、なみの胸をふくらませた。

——初つばめ……。

今日、初つばめを見たと、弟にも弟の嫁になる娘にも話してやろうと思いながら、なみは松村町に渡る橋にむかって歩き出した。


表通りの青物屋、豆腐屋に寄り、酒屋の前で少し思案してから酒を一升買うと、なみは松村町の長屋にもどった。

「おや、おなみさん、大そうな買物だね」

二軒ほど先の家の前で、夢中で立ち話をしていた左官屋の女房が、目ざとく見つけておしゃべりをやめると、なみに声をかけて来た。左官屋はなみの家の前である。

「今夜は弟が来るものだから……」

なみは言って、ついその先をぽろりとしゃべってしまう。

「弟が今度身を固めることになってさ。今夜は嫁になる娘を連れて、挨拶に来るというものだから」

「おやまあ、それはめでたいじゃないか」

左官屋の女房と、おしゃべりの相手をしている祈禱師の女房は、大げさな喜びの表情をつくってみせた。

友吉は半年に一度ぐらいしかたずねて来ないし、来てもすぐに帰るのだが、そこは商い店の奉公人で、長屋の人たちと顔が合えば如才ない口をきいた。いかにもお店者《たな》らしく身ぎれいにして、男ぶりもわるくない友吉は、大げさに言うと掃きだめに鶴という趣きがあって、長屋の女房たちには評判がよかった。なみはそのことをひそかな自慢にして、それで嫁のことをしゃべる気になったのである。

「へーえ、それでこれからごちそうをつくるんだ」

「どんな人が友ちゃんのお嫁になるのか、見たいものだね」

女房たちは口ぐちに言った。なみは笑顔を返して家に入った。胸に幸福感があふれた。買って来た物を台所に置くと、姉さんかぶりになって掃除をはじめた。

友吉と娘は、日が落ちるちょっと前にやって来た。友吉はまた背がのびたようで、上がるときに鴨居に頭がつかえそうになるのが頼もしかった。身につけている物も、青梅縞《おうめじま》の着物に袷羽織《あわせ》である。紺の縞木綿でたずねて来ていた小僧のころにくらべると、見違えるほど大人っぽくなっている。

そして友吉の後から身をすくめるようにして部屋に上がって来た娘を見て、なみは目をみはった。着ている物は鹿の子で、見たところは地味だが、それは近年の流行だからで、帯も髪を飾っているかんざしも、いかにも高価そうな物である。

その上娘の頬はなめらかに白く、指もほっそりとしている。友吉の嫁というからには、絣《かすり》か縞の木綿着の娘だろうと思っていたなみは、虚を衝《つ》かれた思いだった。うつむいて入って来た娘は、長屋の娘でも商売の奉公人でもなかった。

――この人は……。

どっかのお嬢さまだわ、と思ったが、気を取り直してなみは声をかけた。

「さあさ、狭いところですけど、坐ってくださいな」

いま、お茶をいれましょうと言い残して、なみは台所に立った。柱に隠れて、手で髪を直した。しかし髪を直したぐらいでは追いつかないだろう、となみは思った。店を出て来る前に、ひととおり化粧はしたものの、寝不足と酒でむくんでいる顔は、行《あん》燈《どん》の灯をともせば隠しようもなくなるのだ。

なみは急に弟に腹が立った。相手があんなお嬢さまなら、もっとはやく事情を話してくれたらよかったのだ、いきなりじゃ、面喰らうじゃないかと思ったのである。べつにお嬢さまが嫌いというわけではなかった。ただ、友吉の姉でございと名乗るには、少少気がひけるような気分が芽生えている。そこのところが腹立たしかった。

「まあ、わざわざ来てもらってねえ、こんな狭いところにさ」

「何度も言わなくともいいよ。狭いのは見ればわかるんだから」

友吉が不機嫌な口調で言った。そしてなみがお茶を出すと、娘に姉だよ、親代りなんだと言った。

「姉さん、この人がおゆうさんだよ」

友吉が言うと、それまでうつむいていた娘が、はじめて顔を上げてなみを見た。

「はじめまして、ゆうと申します」

と娘は言った。やはりなめらかで白い頬だった。少し濃い目に口に紅をつけている。あどけないと言ってもいいようなかわいい顔なのに、細い目だけがまたたきもしないで自分を見つめたのを、なみは感じた。

検分されたような感触が残った。

——この子は、気が強いね。

となみは思った。友吉は大丈夫なのだろうかと思ったが、なみも、友吉の姉です、よろしくねと言った。

「さあ、はじめて見えたんだから、お酒を出そうか」

行燈に灯をいれてから、なみはそう言って立とうとした。すると友吉は手を振った。

「いや、酒はいいよ。おゆうさんは酒が嫌いなんだ」

「でも、形だけでも」

「いいって言ったらいいんだよ」

友吉が思いがけない尖《とが》った声を出した。

「じゃ、おまえだけでも少し飲んだらいいじゃないか。お祝いってことだってあるだろ」

「今日はいいんだよ」

友吉はそっけなく言った。

「なんだか恰好がつかないね」

なみが言うと、ゆうがまた顔を上げてなみを見た。細い目に笑いが見えたような気がした。しかしゆうは笑ったわけではないようである。おや、これは何だろうとなみが思ったとき、ゆうはもう顔を伏せていた。

それじゃ仕方がないね、となみは言った。せっかく買って来た酒だが、寝酒に飲むことにしよう。

「じゃ、酒はやめにしてすぐご飯にしようか。おまんまはもう炊けているから」

なみが言うと、友吉とゆうは顔を見合わせている。ゆうが友吉の膝をついたのが目に入ったが、なみは見なかったふりをした。

「今日はね、お店を休ませてもらって、家でごちそうを作ったのさ。ごちそうと言ったって、大したことは出来やしない。煮物と焼き魚だけどね」

「……………」

「ほんとは軽くお酒をいただきながら、いろいろと話を聞こうと思ってたんだけどね。ま、喰べながらでも話は出来るわ」

「姉さん」

「何だね、変な顔をして。ほんとに友吉ときたらおどろいてしまうね。そのあたりの飯炊き娘でもつかまえたんだろうと思っていたら、こんなお嬢さまを連れて来るんだから……」

「姉さん、ご飯はいらないよ」

なみは立てていた膝を落とした。ゆっくりと坐り直して二人を見た。

「ふーん、ご飯を喰べないでどうするのさ」

「支度したところをわるいけど」

友吉は名前を言えば誰でも知っている料理茶屋の名を言った。川むこうの霊巌島にある店である。

「今夜は二人でそこに行くことにしているんだ」

「舟で帰るの」

「ああ。佐賀町に舟を待たせてあるんだ」

「へーえ、豪勢だね」

となみは言った。だがほっぺたのあたりがすっと寒くなり、顔いろが変るのが自分でもわかった。

「それだったら、こんなうす汚い家で煮物をおかずに飯なんか喰っちゃいられないやね」

「嫌味はよしとくれよ、姉さん」

と友吉が言った。友吉は笑おうとしたが、顔が少し引き攣《つ》った。

「お手やわらかに頼むよ」

「嫌味じゃないよ。思ったことを言ったまでさ」

「いや、わるいとは思ったんだけど、この人のおとっつぁんに、飯喰って来いとお金をもらったもんだから」

「引きとめやしないから、大丈夫だよ」

なみは二人の前から、ちっとも減っていないお茶を盆に移して、腰を上げた。

「そんなら少し話を聞かないとね。先方の、おとっつぁんとかいう人の名前も知らないんじゃ、姉としても面目ないから」

あたりまえさ、それを話しに来たんじゃないかという友吉の声を聞き流して、なみは台所に引き返した。土瓶に新しく茶の葉をいれ直してから、なみは台所の隅で、茶碗にさっき買って来た貸徳利の酒をついだ。つめたい板の間に両膝をついたまま、ひと息で飲み干すと口をぬぐった。

ちょっと思案してから、なみはもう一杯酒をついだ。それも顔を仰向けてひと息に呷《あお》ると、口をぬぐって茶の間に引き返した。仕切りもない台所だが、そこは暗くていまの酒は茶の間からは見えなかったはずである。

「おゆうさんの家は、太物屋《ふとものや》なんだ」

塩河岸にある八幡屋という太物屋がおゆうの家で、大店《おおだな》ではないが繁昌している店だと、友吉は茶の間にもどったなみに言った。

八幡屋は、友吉が奉公している富沢町の古手問屋越後屋と遠い縁つづきで、商いの上のつながりもある。その関係で、友吉は小僧のころから時どき八幡屋に使いに行ったりしていて、いつとはなくおゆうとも知り合った。

「そんなわけで……」

と友吉は話をしめくくった。

「今度の話も、むこうから切り出されたんだ」

「ふうん、友吉は男ぶりがいいからね」

となみは言った。おゆうがうつむいたまま、くすくすと笑った。なみはそれを無視して聞いた。

「おとっつぁんの名前をまだ聞いてないね」

「あ、利兵衛さんと言うんだ。八幡屋利兵衛」

「そう、表店《おもてだな》の娘さんか。こちとらとはちっと身分が違うね」

台所で飲んだ酒が、じわりと表に出て来る気配をなみは感じた。

「でも、表店の旦那だからといって、何も恐れ入ることはないよ。十七のあたしを妾にしたくて、山のように金を積んだヒヒおやじがいたけどね。その助平なおやじは、大店の油問屋の主人だったもんね」

「姉さん、変なこと言わないでくれよ」

友吉が姉とおゆうにいそがしく目をくばりながら言った。

「そんな言い方をしちゃ、おゆうさんにわるいじゃないか」

「べつにわるくないだろ、この人には関係のないことだもの。ただ、金持ちの旦那なんか、ちっともこわかないよって言ったわけ」

「参ったな。姉はほら、勤めが勤めだろ。口がわるいんだ。気にしないでくれよな」

「何をあやまってんだよ、おまえは」

なみは、抑えていた酔いが、一度に噴き出したのを感じた。

「あやまることなんかひとつもないって。第一おゆうさんの方から、おまえに惚れたんだろ。わかってる、わかってる」

「何だ、酒飲んでんじゃないだろうな」

やっと気づいた友吉が声を荒らげた。

「いつの間に飲んだんだよ」

「酒ぐらい飲んだっていいじゃないか」

なみは、細い目を据えてうす笑うような表情でこちらを見ているおゆうを見返した。

「酒が何だってんだよ。へいこらすることなんか、ひとつもないからね、友吉。姉さん、おまえが嫁をもらう日のためにと思って、お金だってちゃんとためてんだから。表店かなんか知らないけど、むこうになめられることなんかひとつもないんだよ」

「お金はいらないよ」

「何言ってんだね、おまえ。金がなくてこの世の中、渡って行けるもんか。大丈夫、おまえが恥をかかないだけの蓄えはあるからね。姉さんが、いったいいくらためたと思うね」

「ほんとにお金はいらないんだ」

もてあましたように友吉が言った。

「しばらくは家を借りてもらって、ほかに所帯を持つけど、いずれおれとおゆうが八幡屋をつぐことになるんだ」

へーえとなみは言った。しばらく二人を見くらべてから言った。

「それじゃ丸抱えなんだ」

「丸抱えっていう言い方はひどいな」

「だってそうじゃないか。何だ、太物屋の婿になるのか。がっかりだあ」

なみはふらりと立ち上がった。台所から徳利と茶碗を持って長火鉢のそばにもどると、猫板に茶碗をのせて酒をついだ。

ゆうの顔に怯《おび》えのいろがうかんだ。酒が入るとなみの心は鋭く冴えわたって、何ひとつ見のがさない。怯えたゆうが、手をのばして友吉の袖の端をつかんだのも、目ざとく見つけた。茶碗の酒をあけてから言った。

「こわがることはないよ、お嬢さん。酒を飲むからといって、あんたまで取って喰おうってわけじゃない」

「じゃ、おれ、そろそろ……」

ゆうに袖を引っぱられて、友吉がそう言うのに、なみは鋭く待ちなと言った。

「まだ、肝心の話が済んじゃいないよ」

「肝心の話？」

「祝言はいつになるんだね」

「ああ、それ……」

友吉はゆうと顔を見合わせた。

「まだ決まってないけど、決まったら知らせるよ」

「決まったらじゃないよ」

なみは猫板をこぶしでなぐった。空の茶碗が踊って、若い二人はぴくりと身体を顫《ふる》わせた。

「あたしゃ瘦《や》せても枯れても、たった一人のおまえの身内だよ。その身内に、先方のおとっつぁんがいつ祝言の日取りを相談しに来るのか、それを聞いてんだよ」

若い二人はまた顔を見合わせた。そして同時になみを見た。ゆうは少し青ざめて、友吉は口のあたりにうす笑いをうかべていたが、二人の目には同じものが現われていた。

それはさっきまで、ゆうという娘の目の中にあったものでもあった。それは堅気の者が水商売の者を、自分でもそれとは気づかずに隔てている目のいろに思われた。

うす笑いの顔のままで、友吉が言った。

「そりゃ、ま、帰っておゆうのおやじさんに話してみるけど……」

「もういいよ」

「なにせ、いそがしい人だから」

「いいって言っただろ」

じれて、なみは酒が入っている茶碗を畳に投げつけた。部屋に酒の香が立ちのぼり、若い二人がおどろいて立ち上がった。立ち上がっただけでなく、友吉はかばうようにゆうの肩を抱いてやっている。

「帰んな、二人とも。もう、二度とあたしの前に顔を出さないでおくれ。ああ、わかったよ、わかっているとも。堅気の、客商売のお店に、水商売の女なんぞお呼びじゃないんだ」

「……」

「ぐずぐずしていないで帰りなよ。いかにも、あたしゃ、男に身を売って生きて来た女さ。友吉だって、いまとなっちゃこういう身内が迷惑なんだ。口答えするんじゃないよ、バカ。本心言いあてられて恰好わるいか」

「無茶苦茶だ、こりゃ」

「何が無茶苦茶だよ。はい、はい、わかってますよだ。おまえらの前に顔を出さなきゃいいんだろ。安心しな。むこうの利兵衛とっつぁんにも言ってもらいたいね。ご心配にはおよびません、こっちは淫売女でございますから、友吉の姉でございと、御前にしゃしゃり出る気なんざ、これっぽちもありませんて、言っときな。ヘンだ」

「こりゃ手がつけられなくなった。じゃ、おれたち帰るからね。いいね」

「帰れって言ってんだろ、さっきから。舟に乗ってごちそう喰べに行きゃいいんだ。

あーあ、おまえなんか育てて損しちゃった。とっとと帰んな、二度と顔見せたら承知しないよ」

二人がほうほうの体《てい》で出て行くと、なみは台所から塩を持ち出して、威勢よく戸口にまいた。それから改めて茶碗を持って来ると、残り少なくなった炭火を掻き立て、女だてらにあぐらをかいて飲みはじめた。

肌寒さに身顫いして、なみは目覚めた。あわてて起き上がったが、部屋には誰もいなかった。長火鉢の炭火は白い灰になり、油が切れるのか、行燈の灯がじいじいと音を立てている。

なみは立って台所に行った。少しふらついたが大丈夫だった。頭が少し痛むだけで、気分はそんなにわるくはなかった。ただ、身体が重くて節節が痛んだ。なみは暗い台所で、水瓶から水を汲んで飲んだ。喉《のど》を滑り落ちる水が、この上なくうまかった。

なみは茶の間にもどった。長屋の者はもう寝てしまったのか、ことりとも音がしない。何刻ごろなのか、さっぱり見当がつかなかった。なみはうつむいて両手で顔を押し揉《も》んだ。少し顔にむくみが来ているようだった。

——つまらないことを言っちゃったよ。

ぼんやりとそう思った。つまりは弟が一人前になったということなのである。けっこうなことじゃないの、となみは思った。それを祝言の日取りがどうの、身内がどうのとくだらないことを言ったような気がする。

突然なみは自己嫌悪に襲われた。二人そろって姉ちゃんありがとうと言ってくれるとでも思ってたんじゃないのか、おまえはと思った。大した芝居っ気じゃないか。

小さいときに育てたと言っても、弟は男である。一人前になればいずれ離れて行くのだ。今日がその日だったのだろう。それならあんな言い方をしないで、黙って見送ればよかったんだ。ひょっとしたらおまえは、あのおゆうという娘に焼き餅をやいたんじゃないのかね。

なみは火箸で灰を掻きならした。部屋の中には、濃い酒の香がただよっていた。投げつけた酒が、畳にしみこんでしまったのだろう。

「だけど……」

なみは、ふとひとりごとを言った。だけど、つまらないね、生きるってことは。あんないやな思いまでして身を売って、お金を稼いで、それがみんなパーだ、とどのつまりは何の役にも立ちはしなかった、と思った。

――三十四か。

三十四の女が、たった一人残されちゃったねと思った。人っ子一人見えないさびしげな道に、ぽつんと立っている自分の姿が見えた。その姿はこっちに背をむけて、方途に迷っているようでもある。

さびしさがひしと身体をしめつけて来て、なみはわが手で強く胸を抱いた。そうしないと胸の中のすすり泣きが外に洩れてしまいそうだった。

誰かが戸を叩いている。なみははっと目覚めたようになって立ち上がった。上がり框《かまち》で声をかけた。

「だれ?」

「……………」

「友吉かい」

「いや、おれだよ」

ずっとむかしに聞いたことがあるような声が、そう言った。土間に降りて戸をあけると、滝蔵が立っていた。

「おや、滝蔵さん。いまごろどうしたのさ」

となみは言った。

滝蔵は、むかしなみの家があった清住町の長屋で一緒に遊んだ幼馴染《なじ》みで、齢もなみと同年だった。むかしとちっとも変りないいろの黒い馬づらのままで、ただその顔は齢よりも少し老けて見えた。そしてどういうわけか、滝蔵は頭から湯気を立てていた。

「いや、なに……」

なみがそう言うと、滝蔵は口ごもった。

「友ちゃんが来てね、ちょっとここをのぞいてくれねえかと言うもんだから」

「友吉が？」

あのバカ、こっちが首でもくくるかと心配になったか、と思ったが、気持は現金にいくらかなごんだ。

「それであんな遠くから、走って見に来てくれたんだ。わるかったねえ、滝蔵さん」

となみは言った。

滝蔵は子供のころから生まじめなところがある男だった。なみが男に身体を売る境涯に身を沈めたころ、たったひと晩女を買えるだけの金をにぎって、滝蔵がたずねて来たことがある。

なみちゃんをこんなところから連れ出したい、そして所帯を持ちたいと滝蔵は言ったが、そういう滝蔵は近所の叩き大工の手伝い仕事にありついたばかりで、手にこれといった職もなければ金もなかった。なみに会いに来るのに、一年かかって金をためたそうである。

気持はうれしいが、もうここには来ない方がいいと、そのとき滝蔵に意見したことをなみはおぼえている。齢は同じでも、なみの方がずっと世間を知っていて、考え方も大人になっていた。二人で所帯を持つなどということは、夢をみるのと同じことだった。あんたが来ても、あたしはもう会わないからと、少し芝居がかって突きはなしたことも記憶にある。それが滝蔵のためだと思ったのだ。

あれから、もう十何年も経ったのかしらと、なみは昨日も会った人のような顔をして目の前に立っている滝蔵を、訝《いぶか》しく見た。

「わるかったねえ、こんなに遅くにさ」

「まだ五ツ（午後八時）過ぎだぜ。そんなに遅いわけじゃねえ」

「走って汗かいたんじゃない。待って、いま手拭い出すから」

「いらねえ、いらねえ」

滝蔵は手を振った。

「もう、大丈夫だ」

「ちょっと上がって、一杯やっていかない。あたしも一人で酒飲んでたところだから」

　茶の間に上がって、なみがそう言うと、滝蔵も土間まで入って来たが、上がるそぶりは見せなかった。

「いや、おれも仕事を終って家にもどったばかりだったからよ、上がってもいられねえ。心配なことがねえのなら、このまま帰ろう」

「心配なことなんて何もないけど、でもひさしぶりじゃないのさ。すぐ帰るんじゃ、あっけないねえ」

「なに、今度は家がわかったから、改めて来らあ」

「滝蔵さんは、大工をしてるんだね」

　と、なみは言った。滝蔵は紺の腹掛けにはっぴを着て、きりっとした職人姿で立っている。

「まあな」

　と言って、滝蔵は長いあごを撫《な》でた。

「叩き大工だけど、一応は棟梁《とうりょう》と呼ばれてるよ。鑑札ももらったし、場所は同じだが表に一軒借りている」

「そう、男の人ってえらいんだね。子供は？」

「二人だ。男と女」

「そう、しあわせなんだね」

「いや、いや」

滝蔵は首を振った。たちまち暗い顔をした。

「五年前に女房に死なれてね」

「あらッ」

「おれも苦労したぜ、なみさん」

「まあ、何てことだろ」

「子供が大きくなって、近ごろいくらか楽になったけどな」

「でも、後の人をもらったんでしょ」

「そんな物好きな女なんかいるもんか。子供はいる、口やかましいばばあが一人いるっていう家だから、後釜の来手なんざありやしねえ」

「あら、おっかさん、まだ元気なんだ」

となみは言った。息子と同じ、いろが黒くて口が達者だった滝蔵の母親を思い出して、こんな話の最中なのにふっと笑いを誘われていた。

「それじゃ、お酒はよすとしてお茶漬けでも喰べていかない？　ご飯がたくさんあるんだ。滝蔵さん、夕飯まだなんじゃないかしら」

「お茶漬けか」

酒はことわった男が、思案している。

「そう言えば腹ペコだな」

「そうよ、あんなところから走って来たんだもの」

まったく、友吉のやつ、横着ったらありやしないとなみは思った。あとは生まじめな滝蔵に頼んで、自分はさっさと料理茶屋に行ってしまったのだ。

「上がってくださいな。すぐ支度しますから」

声をかけておいて、なみは行燈から手燭に火を移し、台所に入った。手早く竈《かまど》に火をおこした。飯はお茶漬けで仕方ないけど、煮物をあたため、焼き魚にも火をあてて出そうか。

そんな思案をめぐらしていると、気持がだいぶ明るくなって来た。滝蔵さん、となみは言った。

「あれから十何年も経ったなんて思えないねえ」

「十年？　そんなに経ちやしないだろ」

滝蔵ののんきな声がした。上がりこんだらしく、声は茶の間から聞こえる。

「友吉とは時どき会ってたの？」

「いや、それがさ」

と滝蔵が言った。

「二年前に富沢町で普請仕事を頼まれたんだ。そこがほれ、友ちゃんが奉公している越後屋っていう問屋さんだったんだ。そうとは知らずに行ったんだけどな」

「へーえ、そういうこともあるんだ」

「で、友ちゃんも年季が明けた時分だったから、二人でひと晩飲んだのさ。友ちゃんは、あれでずいぶんおまえさんのことを心配してるぜ」

「へえ、どうだか」

となみは言った。人にそう言われると、さっきの腹立ちがもどって来そうだった。

「友ちゃんもりっぱになったよ。手代さんだもんな」

「あのね、今日の昼すぎにさ」

なみは話をそらした。頭上を飛びすぎたつばめの姿が頭にうかんでいた。あのとき、何かいいことがありそうだという気がしたのは、いろの真黒な滝蔵のことだったのだろうか、と思ったとき、腹に笑いが動いた。たくさん炊いた飯が無駄にならなかったのだから、いいことには違いないけれども……。

「家に帰る途中で、つばめを見たんだよ。あれ、今年の初つばめじゃないのかしら」

「つばめ？」

滝蔵のそっけない返事がした。

「つばめは、だいぶ前から見てるぜ」

「あら、そうなの」

なみは拍子抜けした。そして急にこみ上げて来た笑いがとまらなくなった。けらけらと声を立てて笑った。

「何を笑ってんだい」

お茶漬けに気をそそられて上がりこんだ男が、不思議そうに言った。

夜の道

一

おすぎが、その女に気づいたのは家の前を掃き終って、今度は洗濯物を抱えて井戸端に行ったときである。

四十くらいの年恰好の、品のいい女だった。裕福な商人の女房に見えた。顔も髪も手入れが行きとどき、着ているものはぜいたくな絹物らしい。

女は木戸の中に入って、そこに立っていた。井戸のそばに行くおすぎをじっと眺めているので、おすぎは何となく頭をさげた。すると女も軽く辞儀を返したが、近寄ろうとはしないで、やはりじっと立っている。

──誰かを、待っているのかしら。

とおすぎは思った。そしてあんな裕福そうなひとが、この裏店《うらだな》の誰と知り合いなんだろうと、ちらと思った。

だが洗濯にかかると、おすぎは女のことを忘れた。朝少し雨が降ったので、今日は洗濯は無理かと思ったが、雨はそのままやんで、昼過ぎになると少しずつ青空が見えて来た。

家の中の仕事を片づけながら、おすぎは空模様をうかがっていたのだが、このまま晴れて日が射せば、少し日があるから、洗い物も乾くかも知れないと思い立ったのである。大いそぎで汚れ物を洗った。

見込みどおり、空はおすぎが洗濯に精出している間に、厚い雲がどこかに移って、春にしては少し暑いぐらいの日射しが降りそそいで来た。おすぎは、赤い襷《たすき》で惜しげもなく二の腕まで露《あら》わにし、せっせと洗い物にはげんだ。

おや、と思ったのは、洗濯が終って腰をのばしたときである。

さっきの女がまだいた。そして女は洗濯をしているおすぎをずっと眺めていたらしく、顔をあげたおすぎと、まともに眼が合ってしまった。おすぎは、何となくバツ悪い感じで眼をそらした。女もいくらかあわてたようである。だがおすぎのように眼をそらしはしなかった。まだこちらを見ていた。

――変なひと。

洗濯物を抱えて、いまはいくらかうるさく感じられる女の眼を背に感じながら、おすぎは家の方にもどった。無心に働いているところを、じろじろ眺められるのはあまりいい気持のものじゃない、とおすぎは思った。

――いい家のおかみさんに見えたけど……。

世の中には、存外にたしなみのないひともいるものだ、と思いながら、おすぎは軒下の物干し竿《ざお》のぐあいを直し、洗い物を干しはじめた。もう女の方は見なかった。それでも女のことは気持にひっかかって、干し終って家に入るとき、ちょっと木戸の方を見たが、女はいつの間にかいなくなっていた。裏店の誰かを待っているようにも見えたが、それらしい気配もないうちに、女は姿を消したらしい。

――変なひと。

おすぎはもう一度そう思った。ぽかんと木戸を眺めていると、隣の五平の女房が外に出て来た。

「あらあら、すっかりお天気になったじゃないの」

おとくという名の女房は太い両腕をさし上げ、亭主の五平が見たら、世をはかなんで家出でもしそうな大あくびをした。おとくはいまのあくびで眼尻にうかんだ涙をぬぐいながら、にこにこ笑った。

「おすぎちゃん、もう洗濯しちゃったのかい?」

「ええ、汚れ物たまってたもんだから」

「あたしんとこもたまってるけど、今日はやめた」

「そうね。晴れるのが遅かったもの」

「それにしても、おすぎちゃんは働き者だよ。大きな店に奉公したから、仕込みが違うわ。これならおっかさんも、安心してお嫁に出せるというものさ」

「どうだか」

おすぎは少し赤くなって答えた。おすぎは嫁入り先が決まっている。

「祝言、いつって言ったっけ？」

「来月の、十五日です」

「おやまあ、じゃ、もうひと月もないわ。そう、いまが一番楽しいときだねえ。お婿さんになるひとも、きっと待ち遠しがってるよ」

「そんなことないって、おばさん」

おすぎはほんとに赤くなって、家の中に駆けこんだ。はっ、はっとおとくは男のような声で笑った。そして戸口をのぞきこんで聞いた。

「おまつさんは、まだもどってないかい？」

「まだよ、遅いねえ」

台所に立ちながら、おすぎは答えた。嫁に行くといっても、裏店の職人にかたづくのだから、大げさな支度は何もいらないと言ってあるのに、おまつはそれでも気になるらしく、時どき外に出かけて、何かと嫁入りのときに持って行く物を買って来る。今日も、朝から外に出ていた。

まだもどらないと聞いて、おとくはこっちをあきらめて立ち去った気配がしたが、間もなく少し離れたところで、おきよさんいるかいと大声で言う声がした。

それっきりでおとくの声が聞こえなくなったのは、そのままおきよの家に上がりこんだらしかった。おきよはおとくとは逆に瘦《や》せて、頭痛持ちのせいかいつも青ざめた顔をしている女だが、おしゃべりの口はおとくを上回る。

ふだん気が合っている二人は、これから亭主が仕事からもどるまで、腰をおちつけてみっちり茶飲み話でもするつもりだろう。むろん、おすぎの嫁入り話も、のがさず話の種にするだろう。

——いやだな。

夜の汁の実にする菜っぱの枯れ葉をもぎ、小盥《こだらい》の水に漬けながら、おすぎは思った。ひと月前に、おすぎは十四のときから五年の間奉公した、亀井町の雪駄《せった》問屋村久をやめて家にもどった。村久に品物をおさめている雪駄職人幸吉との間に、縁談がまとまったからである。

店に出入りの職人と結ばれたというので、裏店の女房たちは、おすぎと相手が好き合ったとでも思うらしかった。だがじっさいには、幸吉の腕を見込んでいる村久の主人が世話を焼いて、話をまとめてくれたのである。幸吉は品物をおさめに来た日は、台所に来て飯を喰うので、顔も人柄も知っていたが、好き合ったなどというものではない。

裏店の女たちの穿鑿《せんさく》好きな眼が、おすぎには迷惑だった。だがそう思う一方で、心をくすぐられる気持がないわけではない。幸吉はさほど男ぶりがいいわけではないが、店の奉公人たちとくらべると、さすが職人で、物言いも気性もさっぱりして気持のいい男だった。その上、品物にきびしい村久の主人が、幸吉の作った雪駄だけはほめ、あれはいまに表に店を持つ職人だよ、と太鼓判を押してくれたのである。

縁談に不満はなかった。菜っぱを洗う手を、おすぎはそのまま小盥に沈めて、眼を宙にとめた。水はもうつめたくはない。

――少しぐらい、言われたっていいわ。

と思った。間もなく夫と呼ぶことになる男の顔をぼんやり思いうかべ、さっき木戸のそばに見かけた女のことは、念頭から消えていた。

二

ところが、その女はその日の夕方、もう一度現われたのである。

母親のおまつの帰りが遅かった。家にもどったのが、間もなく七ツ半（午後五時）にもなろうという時刻だった。

「おっかさん、遊びぐせがついたんじゃない？」

おすぎは母親をからかったりしたが、バカお言いでないよ、これ買うのにずいぶんあちこち歩き回ったんだから、と言いながら、母親がひろげた買物を見ている間に、二人とも時刻を忘れ、おすぎは表に魚を買いに出るのが遅くなった。

おすぎは、大いそぎで木戸を出て、蠟燭《ろうそく》町の表通りにむかった。すると路地の端から、すっと人が寄って来た。もうあたりがうす暗くなっている中なので、おすぎはびっくりしたが、見ると寄って来たのは、洗濯をしていたとき、木戸のところからこちらを見ていた女だったのである。

「おどろかせて、ごめんなさいね」

おすぎのびっくりした様子を見て、女はそう言った。やさしい声だった。その声で、女は言った。

「あなたが、おすぎさん?」

「はい」

「あたしは深川の万年町で、糸問屋をしていますす伊勢屋の家内です」

おすぎは黙ってうなずいた。深川の万年町なら遠いところだと思った。そういうひとが、何の用があるのだろうかと思っていると、女は近ぢかと身体《からだ》を寄せて来て、意外なことを言った。

「あなたは、弥蔵さんのところの、もらい子だそうですね」

「ええ」

「もっと先のことを言っても、かまいませんか?」

「はい、どうぞ」

おすぎは、幾分うす気味わるい気持になりながら答えた。

「弥蔵さんは、大工仲間の巳之吉《みのきち》さんというおひとから、あなたをもらい子なさったのですが、その巳之吉さんも、あなたのほんとうの親ではなかった。巳之吉さんは、あなたが小さいころ、迷子になって道で泣いていたのを拾ったのだと聞きました。そうですね?」

「ええ、そうです」

とおすぎは言った。

そのことは隠しごとでも何でもなかった。大工の巳之吉は、ある夏の朝、北本所《きたほんじょ》にある仕事場に行く途中、本所の御蔵そばの道を泣きながら歩いている小さな女の子を拾った。

仕事場はそこから近いところだったので、巳之吉はとりあえず女の子を仕事場に連れて行き、町の自身番にもとどけて、親をさがしてもらったが、すぐ見つかると思った親は、その日の仕事が終っても現われなかった。

仕方なく巳之吉は、女の子を西神田の自分の家まで連れ帰った。巳之吉はまだ三十前のひとり者だったので、昼の間は女の子の面倒をみるわけにはいかない。仕事に出るときには、女の子を近所にあずけ、自身番からの知らせを待ったが、何日経っても音沙汰がなかった。

たまりかねて催促に行ってみたが、自身番の返事は冷たいものだった。若い巳之吉は、自身番に詰めている町役人と喧嘩した。そこで困りはてたあげく、子供を近い町に住む弥蔵夫婦の家に連れて来たのである。

弥蔵の家では、むしろ大喜びで子供を引き取った。そこで、その後巳之吉が届けを出したという自身番にも何度か足を運んで、親さがしの方は脈がないと見きわめると、自分たちの子供にして育てた。それがおすぎである。

おすぎは、小さいころのことはおぼえていなかったが、村久に奉公に出るときまった年に、親たちからその話を聞かされている。

「生みの親より育ての親って言うからね。いまじゃこっちが親だと思ってるけど、一ぺんはほんとうのことを言っておくもんだろうと思ってさ」

と、おまつが言ったのをおぼえている。

女は、おまつが話した、古い昔のことを持ち出していた。何のためだろうと、おすぎは訝《いぶか》しんだ。

すると、女がふっと顔をそむけて言った。

「あたしにも娘がいましたが、三つの齢の夏に、人にさらわれました。生きていれば、ちょうどいまのあなたぐらいの齢です」

女は眼をおすぎにもどした。

「名前はおすみといいました。あたしが、ちょっと眼をはなした隙に、さらわれてしまったのです」

「………」

「それから十五年、あちこちとさがし回りました。ひとに拾われた子、身もとのはっきりしないもらわれ子がいると聞くと、すぐにとんで行きました。でも、どの子もどこか少し違っていました。齢が合わなかったり、ひとに拾われた季節が違っていたり、それに、そう、顔だちがこれは違うと思われたり、どれもあたしの子供ではありませんでした」

「……」

「でも、あなたは、ひょっとしたらいなくなったあたしの子かも知れません」

女はじっとおすぎを見つめた。おすぎはまた少し気味が悪くなった。そんな草双紙の〝物語〟のような話が、と思った。

「突然にこんなことを言うと、びっくりするかも知れません。でもあなたのことは、ふっと耳にしてからこのかた、ずっとあちこち話を聞いて回ったのです。村久のご主人夫婦にも会いましたし、巳之吉というひとにも会いました。石原町の自身番にも参りましたし、あなたは気づかなかったでしょうが、これまで何度も、それとなくあなたを眺めさせてもらいました」

「……」

「そうしているうちに、だんだんにあなたがあたしの子供ではないかと思えて来たのです。いままでは、こんな気持になったことはありませんでした」

「でも……」

「小さいときのことを、何かおぼえていませんか」

つめよって来た女の眼に、何か狂おしいような光が宿っているのを感じて、おすぎは一歩うしろにさがった。

「急にそんなことを言われても、あたし……」

「あなたがあたしの娘なら、深川の万年町で育ったのですよ。家は河岸のそばにあって、すぐそばを川が流れていました。子供が川の方に行きたがるので、あたしは何度も叱ったのです。お尻をぶって。おぼえていませんか？」

「すみません、あたし」

おすぎはいそいで言った。女が品のいい顔をしているだけに、思いつめているような表情がこわくなっていた。路地の底に、闇が這《は》いはじめている。

「何にもおぼえていないんです。もう少し何かお話できるといいんですけど」

「……」

「ごめんなさい。あたしいそいでいますので……」

おすぎは女の横をすり抜けるようにして、そこを離れた。女が、おすぎさんと呼んだが、振りむかなかった。追われるように灯あかりが見える表の町の方にいそいだ。

おすぎの胸には、じっさいに少し恐怖が動いていた。

三

「ほんとに変なおばさんなのよ、そのひと。すっかりあたしのことを自分の子供に違いないと思いこんでるようなの」

おすぎは笑いながら言った。ふーん、そいつはおもしろいやと言って幸吉も笑った。

二人は両国橋に近い、河岸の水茶屋にいた。

ひさしぶりに会った幸吉に、おすぎは突然に現われた糸屋のおかみのことを、洗いざらい話したのである。

「それで、いまは家まで押しかけて来てるってわけかい？」

「そうなの。それで親たちも弱っているわけ。おとっつぁんなんか、そりゃしかとした証拠があれば、仕方ありません、娘はさし上げますなどと言ってるの。おとっつぁんたら、いったいあたしを何だと思ってるのかしら」

「娘をさし上げますと言われちゃ、こっちも困るな。祝言が近いのに、横槍が入ったんじゃ面白くねえや」

「それはいいって、そのおばさんは言ってるの。おすぎさん、いいひとにめぐり会えてよかったことね、なんてやさしい声で言うのよ」

「なるほど、変なおばさんだ」

幸吉は白い歯をみせて笑った。

「それで？　おすぎちゃんの方はどうなんだい？　まるっきりおぼえはないのか」

「何にも。だって三つか四つのときの話でしょ？　その年ごろのことって、普通はおぼえているものかしら？」

「さあね。おれだってそんな小せえときのことはおぼえてねえな。清吉という子と喧嘩したとか、大家の家の裏庭にある柿を盗み喰いしたとかいうのは、もう六つ、七つのころのことだなあ」

「そうでしょ？　あたしも小さいときのことを知らないわけじゃないの。でも話してみると、それはみんな、いまのおとっつぁん、おっかさんに養われてからのことなのね」

「しかし何だな」

それまでにこにこしていた幸吉が、ふとまじめな顔になって言った。

「もしもおすぎちゃんが、何か思い出してよ。それで伊勢屋とかいう糸問屋の娘に違いねえってことになれば、こらやっぱり、ただじゃすまねえかな」

「なーに？　ただですまないって」

「つまりよ、そうなると身分が違うってことになるわな。裏店の職人になんぞ、嫁にやれねえなんてことにならねえかな」

「なに言ってんの」

おすぎは店の中を見回してから、膝《ひざ》のわきでそっと幸吉の手を握った。店は空いていて、赤い毛氈《もうせん》の上に、ぽつりぽつり客が掛けているだけである。

「たとえどんなことがあろうと、あたしの気持は変わらない。幸吉さんの嫁さんにしてもらうほかはないもの」

おしまいの方は、ほんとに小声になった。すると幸吉が、黙ったまま握っていた手に力をこめて来た。すごい力で、おすぎは手が痛くなったが、自分も夢中で握り返した。

――結ばれた。

とおすぎは思った。これまでも冗談のようにして、幸吉に手を取られたことはあったが、こんなに強く手を握り合ったのははじめてだった。

二人はしばらく黙って手を重ねて坐っていたが、釜場《かまば》の方から女中が来るのを見て、幸吉が立ち上がった。

「行こうか」

そう言っておすぎを振りむいた幸吉の顔がいくぶん上気している。おすぎも赤くなっていた。ふたりは、ちょっとまぶしげに眼を見かわしてから、店を出た。

幸吉によりそって歩いた。ほてった頬に、やわらかく吹きすぎる風が気持よかった。おすぎは、自分をしあわせだと思った。

「それじゃ」

両国橋の袂《たもと》のところで、幸吉は立ちどまった。

「やりかけの仕事があるから、送っては行かねえよ」

「いいわ」

とおすぎは言った。昼下がりの広小路にも橋の上にも、人があふれて動いていた。

二人は顔を見合わせて微笑した。

そして幸吉は思い切りよく背をむけると、橋の方に去って行った。幸吉は、深川の森下町に住んでいる。

——あっさりしたひと。

橋の上を遠ざかる幸吉の背を見送りながら、おすぎは何となく物足りない気持で、そう思った。大勢のひと眼があるのだから仕方ないが、それでも別れぎわにちょっとぐらい手を握ってくれてもよさそうなものだ。

そう思ったが、それで幸吉のやり方を不快に思ったわけではなかった。胸の中は満ち足りていた。幸吉の背が、人混みにかくれるまで見送ってから、おすぎは自分も足を返して歩き出した。

もどると家の中で話し声がして、伊勢屋のおかみが来ていた。名前はおのぶというひとである。そのひとは、おすぎを見るとにこにこ笑いながら言った。

「また、おじゃましてますよ」

おすぎは、はにかんで挨拶した。

「いま、こちらのおっかさんにお聞きしたんですが、幸吉さんというひとに会いにいらしたそうで」

「はい」

おすぎは赤くなった。そうですか、と言っておのぶは眼をほそめた。

「腕のいい職人さんだそうで、おすぎさんもしあわせですね」

「………」

「ところで、今日はお願いに上がったのですけど」

おのぶは、やはり笑顔を絶やさずに言った。

「ちょっとだけ、おすぎさんをお借り出来ないかって、おっかさんにお願いしたんですよ。いえね、あなたがおいやでなかったら、深川のあたしの店までお連れしたいの」

おすぎは母親を見た。するとおまつはそ知らぬふりで、鉄瓶《てつびん》をさげて台所に立って行った。

「べつにどうということもないんですよ、おすぎさん」

おのぶはにこやかに言った。

「深川のあのあたりにお連れしたら、ひょっとして何かを思い出さないものでもない、と思ったりして。いえ、もう大体のところはあきらめておりますから、思い出して頂かなくともけっこうなんです」

「………」

「ただね、こうしてお知り合いになれたのも、何かの縁でしょうから、ぜひ一度家まで来ていただきたいものだ、とこの間から考えていましたのです」

「でも……」

「帰り道のことなら心配いりませんよ。もし遅くなったら、ちゃんと駕籠《かご》を頼んで送らせますから」

ちょっと、と言って、おすぎは客を残して台所に行った。昼もうす暗い台所の中に、おまつがぼんやり立っていた。

「おっかさん、いいって言ったの？」

声をひそめて、おすぎは言った。深川に行くなどということは気がすすまないので、自然になじる口調になった。

おまつは当惑したように、娘を見た。

「だってしようがないじゃないか。あんなに言うんだもの」

「あたしはいやよ。見も知らないひとが大勢いる家に行くなんて。おっかさんからことわってよ」

「そんなこと出来やしないよ、おまえ」

おまつは小さな声で、おすぎを叱った。

「あのひとは、お前を自分の娘だと思いこんじゃっているんだから」

「だからいやだって言うの」

とおすぎは言ったが、自分でことわる勇気はなかった。親子がとほうにくれた顔を見合わせていると、茶の間から伊勢屋のおかみのはずんだ声がした。

「そろそろ、どうかしらね、おすぎさん。あまり遅くなっても何だし。あの、そんなにお手間はとらせませんよ」

四

すぐに伊勢屋の主人というひとにひき合わされた。背が高く、がっしりした身体《からだ》つきの主人は、おのぶにおすぎを紹介されると、しばらく無言で、じろじろとおすぎを見た。おすぎは恥ずかしいよりも、その眼がこわくて、身体がちぢむようだった。身体を堅くしていると、主人が言った。

「なにしろ、十五年も前の話です。あたしはもうとっくにあきらめましてな。これにも、もうさがすのはおやめと言っているのだが、聞きません」

「………」

「あんたのことも、今度こそほんとの娘をさがしあてたような気がする、一度会えってうるさく言うから、それなら連れて来なさいと言ったのだが、あたしは本気にしてませんでした」

「あなた」

「大体十五年見つからなかった子供が、いまごろになって出て来るわけがない。あたしは、あの子はとっくに死んだものだろうと思っているのですが、それを言うとこれの機嫌がわるくなるので、好きなようにさせているのです」

「……」

「ま、しかしせっかくいらしたのだから、晩飯でも喰べて帰ってください。ごちそうは、家内が腕によりをかけて作るでしょうから」

来るんじゃなかった、とおすぎは思った。ここは裏店の叩き大工風情の娘が、足を踏みいれる家じゃなかったらしい。

おすぎは、うつむいて唇を噛んだ。主人の言葉から、いわれない屈辱をうけた気がしていた。主人が裏店の小娘など、歯牙《しが》にもかけていないのがよくわかった。しかもその口ぶりには、どこかおすぎを警戒する気配さえうかがえるではないか。

——好きこのんで来たわけじゃない。

おすぎの胸の中に、怒りが動いた。何も、こちらさんの娘とみとめてもらいたくて来たわけじゃありませんよ。そう思ったが、口には出せなくて、ただ顔をあげてきつい眼で主人を見た。

　すると腰を上げかけた主人が、気づいたらしく言った。

「おや、なにかお気にさわることを言ったかな。あたしゃふだんも口が悪くていつも家内に叱られている。ハ、ハ」

　何か悪いことを言ったんなら、ごめんなさいよ、と言って主人は腰を浮かせたが、そのままの恰好で、おやと言った。主人は急に坐り直し、じっとおすぎを見た。やがてその顔に、あわただしい色が動いた。

「かあさん」

　伊勢屋の主人は、そばの女房を見た。

「そう言えばこの子は、お前の若いころによく似てる」

「似ているどころか、そっくりですよ」

「さっきな、この子がちょいとあたしをにらんだ。その怒った顔が、お前そっくりだった」

「眉毛と耳は、あなたに似てますよ」

「なになに？」

　二人に、穴があくほど見つめられて、おすぎは息苦しくなった。あたしは見世物じゃない。

「あの、あたくしそろそろお暇《いとま》しませんと」

「まあ、まあ」

主人は手をあげて、うちわであおぐようなそぶりをした。

「待ちなさい。ちょっと待ちなさい」

叱りつけるように言うと、主人は大声で店からひとを呼んだ。茶の間の入口に膝をついた小僧に、主人は若旦那を呼べと言った。

すぐに、小僧と入れかわりに、二十半ばの若い男が茶の間に入って来た。主人に似た長身でがっしりした身体を持つ、色白の好男子だった。

「このおひとは？」

若い男は、坐っておすぎをみると、訝しそうに言った。

「この子が、ほら、こないだからかあさんの言ってた娘さんだ。おすぎさんというそうだ」

主人はそう言い、おすぎにも若い男をひき合わせた。

「これが跡取りの信太郎です」

おすぎは黙って頭をさげると、そのまま眼を伏せた。信太郎という若主人が、じっとこちらを見ているのがわかる。おすぎは、また息が詰まるような気がした。

「へーえ、そうなの？」

しばらく経って、信太郎がひとりごとを言った。

「なるほど。世の中は面白いな」

「どうかね、かあさんに似てないか？」

主人が言うと、信太郎ははっはっと笑った。そしてすぐに膝を浮かせた。

「店に重藤を待たせていますので」

「そうか。じゃ仕方ないな」

信太郎は、あっさり席を立ったが、茶の間を出るときに振りむいて言った。

「おっかさんも、ひょっとしたら今度は本物を掘りあてたかも知れませんよ」

晩ご飯を喰べて行けと言うのを振り切って、おすぎは伊勢屋を出た。それでも家の中を案内されたり、そのあと改めてお茶とお菓子が出て、主人夫婦にもてなされたりしたので、店を出たときは、西空に日が落ちかかっていた。

おのぶは駕籠を呼ぶと言ったが、おすぎはそれもことわった。

「でも、神田に帰るまでには、暗くなりますよ」

「平気です。それに駕籠なんか、あたしにはもったいないですから」

とおすぎは言った。伊勢屋の人間に対する反感からそう言っているのではなかった。

主人夫婦が聞くことに答えたり、お茶を飲んだりしている間に、店がいそがしそうな信太郎も、二度ほどあわただしく顔を出したりして、最後には打ち解けた空気になった。店を出るときは主人も信太郎も、また遊びに来いといったのである。

五

だがおすぎには、また来る気はなかった。一刻《いっとき》（二時間）ほど伊勢屋にいたが、当のおすぎは伊勢屋のおかみが期待したようなことは、何ひとつ思い出せなかったし、むしろ自分とこの家は、何のかかわりもないのだと思う気持が、強まるばかりだったのである。

伊勢屋のひとたちは、何か思い違いをしている、とおすぎは思った。駕籠を呼んでもらうのも気がすすまなかった。なるべく恩はうけない方がいい。他人なのだから、と思っていた。あるいはその気持が見えたのか、おのぶも強いてはすすめなかった。そうかえ、と言い、少し暗い顔になって口をつぐんだ。

相生橋《あいおい》のきわまで、おのぶは送って来た。そして菓子折りを差し出した。

「これ、おっかさんに差しあげてちょうだい」

「いただきます」

おすぎは、その包みはすなおに受け取った。

「このあたりなんですよ、あたしの娘がさらわれたのは」

おのぶが不意に言った。おすぎはおどろいてあたりを見回した。町の西、仙台藩蔵屋敷の森のあたりに日が沈みかけ、その光が、かたわらの仙台堀の水の上に無数の金粉をまき散らしているが、対岸の伊勢崎町のあたりは、すでに暮色につつまれていた。仙台堀をはさんで、両岸に河岸地がつづき、二人が立っている相生橋は、仙台堀とずっと南の油堀をつなぐ掘割にかかっている。

遠い海辺《うみべ》橋のあたりに、いそぎ足の通行人が見えるばかりで、河岸にも二人がいる橋の前後にも人影はなく、町は静かに暮れようとしていた。

「時刻もちょうどいまごろでした」

橋の欄干に身体を寄せて、おのぶが言った。おのぶは対岸の伊勢崎町の方に、ぼんやりと眼を向けている。

「もうちょっと遅かったかも知れません。そのときあたしは、主人と喧嘩して。ええ、とてもひどい喧嘩で、もうこの家にはいられないと思って、風呂敷包みを抱えて家をとび出したのです」

「………」

「子供が、下の子のおすみが、泣きながらあとを追って来たのには気づいていました。でもあたしの気持は、そのとき夜叉《やしゃ》になっていたのです。子供なんか、なんだと思いました」

おのぶの頰に、目に溢《あふ》れた涙がつーッと伝い落ちるのが見えた。だが、おのぶは身動きもせず、遠い町を見つめたまま、言葉をつづけた。

「いっさんに走りました。そしてこの橋を渡って、あそこ……」

おのぶはゆっくり振りむくと、おすぎのうしろにひろがる永堀町の河岸のあたりを指さした。

「あのへんまで行ったとき、ちらっとうしろを振りむくと、ここにあの子が、おすみが立って、あたしを見送りながら泣いているのが見えました。おすぎさん、そのときあたしが何を考えたと思います？」

「………」

「あ、あんなとこに一人でおいちゃ、人にさらわれる。そう思ったのです。一度はそう思ったのですよ。でもまた夜叉の気持が起きました。あの男の、主人のことですよ、あの男の子なんか、どうなったってかまうものか。そう思いました。あたしはそのとき泣いている子供まで憎かったのです」

「……」

「そしてそのあと、どこをどう走ったか、あたしはおぼえていません。はっと気づいたときは、永代橋《えいたい》のそばにおりました。実家が霊岸島にありましたからね。そこへ行くつもりだったのでしょう」

「……」

「気づくとすぐに、おすみのことが頭に浮かんで来ました。ぞっとして、あたしは暗くなった町をここまで走って帰りました。でも、そのときはもう、子供はいなかったのです」

子供は橋の附近にも、家にもいなかった。伊勢屋では、子供はおのぶが連れて出たものと思いこんでいたので、そうでないことがわかると大騒ぎになった。

自身番にとどけ、近所の者を頼んで、深夜までさがし回ったが、子供は見つからなかった。次の日からは近くの町町まで人をやり、また舟を雇って川筋もさがさせたが、すべては無駄だった。

ひと月ほど経ったころ、霊岸寺門前に住むひとが、子供がいなくなった日の夕方、三つぐらいの女の子の手をひいた男が、小名木《おなぎ》川の方に歩いて行くのを見たと、近くの自身番にとどけて出た。女の子は泣きながら歩いていて、連れは、四十前後の身なりのよくない大男だったという。それが聞こえて来たたったひとつの消息だった。男のことは、誰も知らなかった。

「それから、十五年……」

おのぶは不意に手で顔を覆った。すすり泣く声が、手の中から洩れた。

「おばさん」

「おすぎさん、あなた……」

おのぶは、手をはずすと涙によごれた顔のままで、じっとおすぎを見た。

「ここに立って、何か思い出すことはありませんか。あたしには、あのときのおすみが、あなただと思えて仕方ないのです。あなたは巳之吉さんに拾われたとき、名前を聞かれておすぎだと答えたそうですね。でも巳之吉さんは、あたしの話を聞くと、ひょっとしたらおすぎじゃなくておすみと言ったのかなって、言ってましたよ」

「おばさん」

とおすぎは言った。おすぎは、自分の眼も涙でいっぱいになるのを感じた。

「お気持は、よくわかります」

「………」

「でも、ごめんなさい。私には何にも思い出せないんです。きっと、おばさんがさがしてらっしゃる娘さんとは違うからだと思います」

「おすぎさん」

「ごめんなさいね、おばさん」

おすぎは一度しっかりとおのぶの手を握ると、背をむけた。小走りに駆けて橋を渡りながら、おすぎは、なぜか悲しい気持が胸にこみ上げてきて、ぽろぽろ涙をこぼした。

永堀町の河岸まで来て振りむくと、仄暗《ほのぐら》い橋の隅に、じっとうずくまって動かない人影が見えた。

——仕方ないよ。嘘はつけないもの。

そう思ったが、おすぎはもう一度新しい涙がこみ上げて来るのを感じた。涙をふきふき、うす暗い町を走った。

六

何ごともなく、おすぎは幸吉に嫁入り、翌年には子供を生んだ。男の子だった。幸吉は腕のいい職人で、品物の納め先の信用も固かったから、暮らしの心配はなかった。少しずつ金もたまって、村久の主人が言ったように、表に店を構えるのも夢ではないと思われた。

蠟燭町の母親だけでなく、伊勢屋のおかみおのぶも、時どきおすぎの家をのぞきに来た。おのぶはまるで孫をあやすように、子供をかまって帰ったりするが、おすぎが自分の子供ではないかという話は、さすがにあきらめたらしく、ぷっつりと口にしなくなった。

「ばあさんが、外に二人もいるようで、にぎやかな家だぜ」

と幸吉は時どき笑う。おのぶは来るたびに子供に何か買って来る。それが裏店の子供には似つかわしくないような高価なものなので、幸吉はいくぶん気づまりに思うらしかったが、自分が肉親の縁に恵まれなかったせいか、女たちが顔を見せるのを一方では喜んでいるようでもあった。五年の歳月が流れた。

息せき切って、おすぎは走っている。怒りのために、頭に血がのぼり、眼がくらむようだった。

——女の気持なんか、ちっともわかっちゃくれないひとなんだ。

走りながら、おすぎは頭の中にうかんでいる幸吉の顔に、罵《のの》り声を浴びせた。喧嘩のもとは、ささいなことだった。親子三人で向嶋《むこうじま》に花見に行こうかという話が出て、おすぎはそのときに着て行く着物を買って来た。自分のと子供の分である。

幸吉はそれが気にいらないいらしかった。自分のがなかったのでひがんだのかも知れない。一回こっきりの花見に、着物は買うことはねえ、と言った。ふだんケチン坊とも思えない男が、執拗《しつよう》にそのことにこだわって、おすぎを責めた。

はじめは冗談半分の口喧嘩が、いつの間にか本気になった。おびえて泣き出した子供のそばで、夫婦は大声で言い合いをした。花見なんぞ、やめちまえとしまいには幸吉は青筋を立ててどなった。

「わかりました。これ返して来ればいいんでしょ?」

おすぎも顔青ざめて言い返し、風呂敷に着物を包みこむと、外に走り出たのである。子供があとを追って来るのがわかったが、眼にも入らなかった。日暮れのうす暗さも気にしなかった。いっさんに木戸を走り出た。

――家になんか、もどってやるもんか。

荒荒しい気持で、そう思った。実家まで行って、母に愚痴を言って来よう。晩飯の支度がまだだが、自分でこしらえて、子供と二人で喰えばいいんだ。さぞまごつくだろうが、少しは女房の有難味を知るといいんだ。

泣きわめく子供の声が追って来る。その声がだんだん遠くなるのを、おすぎは瘡《かさ》ぶたをはがすような、痛みをともなった快さで聞いた。

が、ふと足をとめた。子供の声が消えている。おすぎは立ちどまったままあたりを見回したが、町がすっかりうす暗くなって人通りも消えているのに気づいてぞっとした。不意に胸が早鐘を打った。

おすぎは、いま来た道を夢中で駆けもどった。悪い予感が頭をいっぱいに埋め、胸は心配ではち切れそうになった。荒荒しい息を吐いて走った。

だが、角を曲ると、暗い塀ぎわに、子供が立っていた。吐息をついておすぎがその前にしゃがみこむと、子供はこぶしをかためて母親に打ちかかって来た。

「おっかあの、バカ」

「ごめんよ。おっかさんが悪かった」

おすぎは小さくやわらかい子供の身体を受けとめ、またしくしく泣き出した子供をしっかりと胸に抱いて立ち上がった。安堵《あんど》が胸にひろがった。

そのとき、不意に眼の前のうす暗い光景が、真二つに裂けて、ある記憶がありありと甦《よみがえ》って来たのをおすぎは感じた。

おすぎは泣きながら、女のあとを追っていた。だが若い女は振りむきもせず橋を渡って走って行った。そして横町から不意に男二人が現われ、女を箱のようなもの、それはいま考えれば駕籠だったのだろうが、その中に押しこめてみるみる遠ざかって行った。

川が流れ、その上に夕映えの空の色が、かすかに残っている。泣き疲れて、欄干の間から川を眺めていると、そばに黒く大きい人影が立って言ったのだ。

「さあ、おいで。おっかさんのところに連れて行ってやろう」

そう言われて、おすぎの胸には、また悲しみがぶり返す。泣きながら男に手をひかれて歩き出した。二人は広く長い道に出た。仄暗い町をつらぬいてのびる、長いまっすぐの道。歩いているうちに、道は闇につつまれ……。記憶はそこで終っていた。

おすぎは、子供を抱いたまま町を走り、家に駆けこんだ。

「お前さん！」

「何だい、でけえ声を出しやがって」

顔を出した幸吉に、おすぎは子供を押しつけた。

「思い出したの」

「……」

った。

「小さいときのことを思い出したのよ」

へえ、と言ったまま、幸吉はとまどったようにおすぎを見た。おすぎはもどかしかった。

「あたしこれから行って来る」

「伊勢屋にかい？　もう暗いぜ」

「大丈夫よ。ここからなら、ひとっ走りだもの」

数日前、伊勢屋の信太郎が、ひょっこりと顔を出した。おのぶが風邪をひいて寝てる、と言い、これをとどけろって言われてね、とテレた顔で包みを差し出した。あとであけると、子供のおもちゃだった。

——思い出したことを話してやったら……。

あのひとが、どんなに喜ぶだろう、とおすぎは思ったのだ。おのぶを、母親と思う実感はまだ湧いて来なかった。だが、思い出したからには一刻も早く知らせなければいけないのだ。あのひとは、二十年待った。

背をむけたおすぎに、幸吉が言った。

「おい、また帰って来るんだろうな」

その言い方が、ひどく心細げだったので、おすぎは笑い出した。もどって幸吉の手を握った。

「あたりまえでしょ？　あたしはあんたの女房だもの。すぐもどるから待ってて」

だが、小走りに木戸を出たとき、おすぎはこみ上げる涙に頬が濡れるのを感じた。

暗い夜の道を、おすぎはひっそりと泣きながら、万年町にむかっていそいだ。

おさんが呼ぶ

一

おさんは紙問屋伊豆《いず》屋の下働きである。家の中を拭き掃きするほかは、終日うす暗い台所で働いている。齢は十九だった。

おさんは無口な娘だった。その無口が度をこえていた。伊豆屋に奉公に来たのが十四の齢だった。五年になる。だがその五年の間、おさんが口を利いたのはたった一度、大きな地震があってはげしく家が揺れたとき、「こわい」と叫んだときぐらいである。

唖者《あしや》でないことはそれでわかったが、度はずれた無口はやはり目立った。生意気な表の小僧たちは、そういうおさんを侮って、「おさん口無し、からすの子」などとはやし立てた。おさんは浅黒い肌をした娘だったからである。

だが周りの者が、おさんの無口を奇異な眼で眺めたり、侮ったりしたのは、奉公に来た当初の半年ばかりだったろう。ちょうどそのころ、伊豆屋のおかみが、小僧たちがおさんをからかっているのを聞きつけてきびしく叱ったこともあって、奉公人たちはあっさりとからかうのをやめた。

おかみに言われるまでもなく、もうその無口ぶりに馴れ、そろそろ新米女中に対する興味もさめかけていたのである。第一、おさんはからかっておもしろいような娘でもなかった。容貌も人柄も目立たなかった。台所を這《は》い回る仕事が、ぴったり似合ってみえた。

おさんは無口だが働き者だった。家の中の掃除とか、食事の支度、後始末、買物と骨身を惜しまずに働いた。丈夫な身体《からだ》を持っていた。

女中のおすえははじめおさんを外に使いに出すとき、はたして用を足せるのかどうか危うんだが、おさんはちゃんと買物をして来た。言われたとおりの物を買い、釣銭も一文も間違えなかった。

あるとき、おさんが買物をしているそばを通りかかった店の者が、怪しんで耳を澄ましたら、そこでもおさんは品物を指さすだけで声を出さなかったという。

「それでいいじゃないか、ねえ、おさん」

と伊豆屋のおかみは言った。おかみは働き者のおさんを気に入っていた。

「おしゃべりで、すぐ怠けたがるひとたちよりよっぽどいいよ」

とおかみは言った。それはほかの二人の女中おすえ、おみつに対するあてこすりだったが、おさんは聞こえなかったような顔をしていた。

奉公して五年経ったいまでは、伊豆屋ではおさんの無口を気にする者は誰もいない。おさんは黙黙と働いている。

二

おすえが、三十近い素朴な身なりの男を台所に連れて来たときも、おさんは洗い場でせっせと鍋《なべ》の尻を洗っていた。夜の食事の後始末も終えた時刻である。

「おさんちゃん、このひとに喰べ物を出しておくれ。つめたいものしかないけど、しようがないやね」

とおすえが言った。

すると男が台所に膝《ひざ》をついて、ごやっかいになります女中さん、と言って頭をさげた。おさんはあわてて手を拭き、自分も坐って頭をさげた。

「このひとは小川村から来た紙漉《かみすき》屋さんでね、兼七さんというひと。当分店に逗留《とうりゅう》なさるそうだから、そのつもりで台所の方のお世話をしなさいよ」

おすえの言葉が終ると、兼七という男はもう一度、丁寧に頭をさげて、よろしく願いますよと言った。おさんもあわててもう一度お辞儀を返すと、立って食事の支度をした。

——売り込みのひとかしら？

とおさんは思った。

伊豆屋には、時どき漉屋の客が来て泊って行く。車でただ荷をとどけて来るだけの者もいて、この男たちは泊らないで帰るか、泊ってもひと晩だけ、軽く商売の話をすませて帰って行く。

それとはべつに、風呂敷の荷を背負ってたずねて来ると、数日、長いときはひと月も逗留して行く客がいた。

こちらの客は、伊豆屋と取引きのある漉屋が、新しい品物を持ちこんで来ているか、そうでなければ、これからの取引きをのぞんで、品物持参で商談を持ちこんでいる男かである。五年いる間に、おさんにもそういう客の見わけがつくようになった。

取引きに来た逗留客は、来た翌日から店の奉公人と一緒になって、毎日外に出て、夕方疲れた様子でもどって来る。伊豆屋が直接に品物をおさめているとくい先と、取引きのある紙屋を回って、品物のおひろめをして来るのだと思われた。

むろん伊豆屋の主人にしろ、番頭にしろ、紙の鑑定では玄人だが、大口のおさめ先が品物を気にいってくれなければ、漉屋との取引きは成り立たない。そこで時には主人の重右衛門自身が、漉屋に品物を持たせて出かけることもあった。

――このひとは、どっちかしら？

食事の支度をしながら、おさんはちらちらと兼七という客を見た。男はきちんと膝をそろえて坐り、少少屈託ありげな顔をうつむけて、膝においた自分の手を見つめている。

飯が冷えているのは仕方なかったが、湯をわかすために隅にある炉火は消していなかったので、おさんは手早く汁をあたためた。菊治という小僧が喰べずに残した鰺《あじ》の干物も火あてして出した。

兼七は腹が空いていたらしく、威勢よく喰べた。干物も漬け物も残さずに喰べ、汁もおかわりをした。

「ごちそうになりました」

兼七は律儀に辞儀をし、うまかったと言った。おすえが店の方に行き、おみつはもう部屋に引きとっているので、台所にいるのはおさん一人だった。

満足そうに礼を言っている男に、何か返事をしなければと思ったが、声はいつものように喉《のど》の奥でかすかに動く気配がしただけだった。外には出て来なかった。おさんはあいまいな微笑で男に答えた。

兼七はすぐに立ち上がって台所を出て行った。気がせくというふうにもみえた。その背が意外に高く、肩幅があるのにおさんははじめて気づいて、うしろから見送った。

三

兼七は連日出歩いていた。手代の庄次郎と連れ立って出ることが多かったが、時には主人の重右衛門や、番頭と一緒のこともあった。

帰りはいつも遅くなった。大ていは外が暗くなって、店の奉公人たちが食事を終えたあとにもどって来る。はじめの間は、飯を喰べながらぽつりぽつりと村のことなどを話して聞かせたりしていたのが、日が経つにつれて、口数が少なくなった。

帰って来た挨拶だけで、無言のまま喰べおわって部屋に引きとるときもある。来た頃よりも頬が瘦《や》せていた。食事の世話をしながら、おさんはそういう男をちらちらと眺めている。

――話がうまくいってないのだ。

と思った。

「おさんさん」

と、ある夜、兼七は言った。その夜は、兼七はいつもより元気にみえ、飯の喰いっぷりもよかった。

「今日はやっと品物を気に入ってくれたところがありましてね。どうやらひさしぶりでぐっすり眠れそうです」

「……」

「こちらのお店でも品物を取っていただけないとなると、村はお先真暗になるのですよ」

と兼七は言った。

兼七の村では、村の三分の二が百姓仕事のかたわら紙を漉いて暮らしを立てている。品物の半分は伊豆屋と同業の飯坂《いいざか》屋におさめ、半分は染次という仲買商人の手で、帳《ちょう》屋、傘屋、呉服屋などにおさめてもらっていた。

ところがこの春、突然に飯坂屋が潰《つぶ》れた。飯坂屋とは長い取引きだったので、村では困惑したが、寄合いをひらいて、とりあえず仲買いの染次に泣きついて、出来るだけ多くの品物を引き受けてもらう一方で、誰かが江戸に出て新しく納め問屋をさがすことに決めたのである。

ところが、染次は、村の弱味につけ込んで、卸値の法外な値引きを持ち出し、それが聞かれなければ取引きを切ると言い出したのである。これまでも、取引きの上で時どき金銭をごまかして信用が薄かった仲買人が、このときとばかり本性をあらわしたのである。染次の言い分は恐喝だった。

しかし紙漉きから上がる収入は、漉屋百姓の死活につながっている。村では泣く泣く染次の言い分をのむ一方で、必死に新しい納め先をさがすことになった。選ばれて兼七が江戸に来た。

「しかし、どこのお店でも取引きの漉屋は決まっていますからな。そこに新しく喰いこむのは容易なことではありません。値段を安くするなら取ってやろうというところはありましたが、それも限度があります」

「………」

「お店を五軒回りました。するうちに持って来た金もなくなりましてな。心ぼそい思いでこちらにうかがいましたら、とにかく品物次第、考えてみようというお話で、こうして泊めていただき、お食事まで頂戴出来る。有難いことです」

兼七は、今日の回り先の首尾がよほどうれしかったのか、ぽつりぽつりと長話をした。おさんの無口を、あんまり気にしていないようにみえた。

「村を出て、そろそろふた月近くなります。残っている子供が気になって来ました。五つになる女の子がいるのですよ」

「……」

「二年前女房に死なれましてね。おふくろにみてもらっていますが、おふくろもなにせ年寄り、子供が心配でならないのです」

おさんは大急ぎでうなずいた。声が出ない自分がもどかしかった。おさんは男を力づけてやりたい気持に駆られている。

「や、ごちそうさまでした」

兼七は不意に大きな声で言い、笑顔をみせた。歯の白い男だった。

「こちらのお店が最後ですからな。がんばってみせますよ」

四

台所を片づけているうちに、おさんは醤油が切れていることに気づいた。うかつだった。味噌・醤油が切れないように気を配るのはおさんの役目である。これまでしくじったことはない。

——どうしよう。

おさんは、あわてて明日の朝の食事の支度のことを考えた。朝の食事は簡単で、醬油を使うようなものはない。

問題は手代の庄次郎である。庄次郎は色白のやさ男だが、喰い物にうるさく、漬物にも醬油を使う。切れていると知れば、小僧たちを叱るときと同じ口調で、ねちねちと叱言《こごと》を言うだろう。

無口のせいで、ひとに表情を読まれることも少ないから気づかれずにいるが、おさんはやさ男の手代が嫌いだった。男が自分を侮っていることを知っているからである。庄次郎はそのへんにある物を眺めるような眼で、おさんを見る。あの男に叱られるかと思うと、身ぶるいがした。

おさんは、おすえに醬油が切れたと知らせ、茶の間でおかみから金をもらうと店を出た。味噌・醬油を商う店は、伊豆屋から一町ほどのところにある。六ツ（午後六時）には店をしめるが、潜《くぐ》りはあけていて、遅い客のために五ツ（午後八時）ごろまでは物を売る。

町は暗く、人通りはまばらだった。おさんはいそぎ足に歩いた。店に入ると、茶の間から見ていたらしく、すぐに主人が立って来た。

「おさんちゃん、どうしたね」

顔馴染《なじ》みの主人は愛想よく声をかけて来た。大柄で太ったおやじである。

「おまえさんとこは、めったに、夜の買物に来ることなどないのに」

「……」

「急なお客さんでもあったかね」

主人は、おさんの返事がないのはいっこうに苦にしないでそう言い、味噌がめと醬油樽《だる》を指さし、どっちかとたずねた。おさんは指で醬油を指し、抱えて来た小樽を出して、いつもの通りという身ぶりをする。主人にはそれでわかって、手早く醬油をはかってくれた。

買物は簡単に済んだ。おさんはほっとして味噌屋を出た。人通りはほとんどなくなっていた。ついこの間までは、六ツ半（午後七時）ごろにはまだ子供が群れていたのである。だが季節が秋に入ると、日はすみやかに暮れた。すぐに夜の暗さが町を覆う。

おさんは醬油の香が強くにおう小樽を抱えて、人気のない道を、小走りにいそいだ。樽の中で醬油が鳴った。左右の家家から洩れる光で、町は真暗というわけではない。それでもおさんは町の暗さがこわかった。

もつれ合うように動いている物を見たのは、伊豆屋の近くまで来たときだった。おさんはぎょっとして立ちどまった。頭から一度に血がひいたような気がした。

はげしい息づかい。手をふり上げ、足を上げる動き。何かに身体をぶつけるような音。何とも言いようのない不穏な空気。そういうものがつたわって来るのに、動いている物は声を立てなかった。

数人のひとがもつれ合って動いているようにもみえる。とほうもなく大きな身体をした人間が、ひとりでのたうち回っているようにも見えた。その物は、伊豆屋のほんの手前にある、路地の入口にいる。おさんは思わず口を開き、恐怖の声を立てた。

少し調子のはずれた、笛のようなその声が耳にとどいたらしい。もつれ合っていたものが、不意にほどけて二、三人の人影になった。そしておさんがいる方角とは反対の町に、足音荒く逃げて行った。あとに一人だけ残されて、その人影はのろのろと地面から起き上がるところだった。

――喧嘩だわ。

おさんはそう思った。得体が知れないものを見たわけではなく、それが人間の喧嘩だったことにおさんはほっとしたが、それで恐怖がすっかり消えたわけではなかった。

喧嘩の片割れが、まだ残っていた。立ち上がろうとしきりにもがいている。やっと腰を立てたと思ったら、またうずくまってしまったのは、足でも怪我した様子だった。

おさんは立ちすくんだまま、その人影が立ち去るのを待っていた。すると、黒いその人影がいきなり口をきいた。

「そこにいるのは、おさんさんじゃありませんか」

声は兼七だった。おさんは駆け寄った。すると兼七が手をさしのべて来た。

「やっぱりあんただった。助かった」

「……」

「すみませんが、手を貸してくれませんか。どうも足をくじいてしまったようだ」

おさんが手を出すと、兼七はその手につかまってやっと立ち上がった。そしてすみませんが、肩につかまらせてくださいと言った。おさんは大いそぎでうなずいたが、兼七には見えなかったはずだ。兼七が遠慮がちにおさんの肩につかまって来た。男の身体から血が匂って来て、おさんは兼七が怪我をしているのを知った。胸がとどろいた。

店に帰ると、おさんは兼七をまっすぐ台所に連れこんだ。炉端の敷物の上に男を坐らせると、肩を叩いて、すぐもどるという合図をし、釣銭を返しに茶の間に行った。もどると、台所の暗がりに男がおとなしくうずくまっているのが見えた。おさんは洗い場のそばに吊《つる》してある懸け行燈《あんどん》に灯を入れた。光の中に男の姿がうかび上がると、おさんはまた笛のような声を立てた。

　思ったとおり兼七は怪我をしていた。頬をすりむき、手にも足にもすり傷があって、そこら中から血が流れている。ところが兼七は、おさんのおどろいた様子をみて、かえって力づけるような微笑をみせた。

「なに、足をくじいたのが厄介なだけで、ほかの傷は大したことはありません。すみませんが、濡らした手拭いを貸してくれませんか」

　と兼七は言った。

　おさんは女中部屋に行って手拭いを取り、それから、冬に赤ぎれにすりこむ軟膏《なんこう》があったのを思い出して、古びた鏡台の引き出しからさがし出した。

　おみつが家へ帰っているので、部屋にはおすえが一人でうたた寝をしていたが、物音で眼をあけた。

「おや、おさんちゃん」

　おすえは女だてらに大あくびをしながら言った。

「いまもどったところかい？」

　おさんは、手真似で兼七が怪我をしていることを知らせた。

「なんだって？」

おすえはやっと畳の上に身体を起こした。

「まったく、何言ってんだか、さっぱりわかりゃしない」

おすえはぶつぶつ言いながら、おさんと一緒に台所に出たが、兼七をみて眼をまるくし、

「おや、あんた。その様子はどうしたのさ？　まあ、怪我してるじゃないの」

「お店の前まで来たら、悪いやつにからまれましてね。このざまです」

「気をつけた方がいいよ、あんた。江戸は夜が物騒だからね」

おすえはいかにもお義理といった口調でなぐさめを言い、おさんの尻をつついた。

「あんた、手当てしてやりなさいよ。あたしゃ血をみるのがきらいさ。寒気がして来るんだよ、ぶる、る」

ささやくと怠け者の女中頭は部屋に引っこんでしまった。

おさんは手拭いを水でしぼって、兼七の傷にこびりついている血と砂を拭き取ってやった。兼七が恐縮したが、おさんはそうしないではいられなかった。

「あんたは親切なひとですな、おさんさん。他国でこんなに親切にしていただくと、身にしみます」

軟膏をすりこんでもらいながら、兼七は言った。

「さっきのやつらの正体はわかっています」

兼七は、まるでおさんがさっきから聞きたがっていることをさとったように、喧嘩相手のことを話し出した。

「染次という仲買いのことを話したでしょう。さっきの男たちは、染次に使われている連中らしいのです。なぐりかかって来たときに、それらしいことを言ってました」

「…………」

「私がこちらのお店と取引きをまとめると、染次はぐあい悪いのでしょうね。だいぶ悪どいやり方で村の金をまき上げていますから」

「…………」

「なに、私は負けませんよ。ひとがんばりして、この取引きをきっとまとめます」

手をとめて、おさんは男の顔をみた。傷をうけたところが少し腫《は》れて、いびつにみえるが、口をきっと引きしめた顔は男らしく見えた。

兼七は容易なことではくじけない。腹の据わった男のようだった。まだ若い身で、選ばれて取引きをまとめに来たのは、そのあたりの根性を村の者に見込まれたのだろう。

おさんはがんばってね、と言った。声にならないその声が聞こえたように、兼七はうなずいて微笑した。

五

十日ほど前に来た新しい客が、おさんには気になる。

その客は、おすえから聞いた話によると、やはり紙漉屋で、甲州から来た客だという。三十半ばの、狐のように尖《とが》って痩せた顔をした男だった。やはり伊豆屋との取引きをまとめに来た客のようである。

階下にいる兼七とはべつに、二階に部屋をもらい、と言っても小僧二人との相部屋だったが、食事時には台所に降りて来て飯を喰う。

おさんが気にしているのは、その新しい客が、何となく兼七と顔を合わせるのを避けているように見える点だった。売り込みに来た漉屋が、鉢合わせで伊豆屋に逗留するということは前にもあって、めずらしいことではなかった。

だがそういう場合、あきらかに商売敵《がたき》とわかっていても、顔を合わせれば同業の親しみも湧くのか、笑顔で村の話をしたり、それとなく相手の商いにさぐりを入れたりして、必ずしも仲が悪いわけではない。

だが民蔵という、甲州から来た男は、来た日に兼七とひととおりの挨拶をかわしたあとは、なるべく顔を合わせないように避けているのだった。民蔵も兼七同様、連日外を歩き、また旅の荷を伊豆屋に置いたまま、ほかに泊ったりすることもあって、兼七と顔が合うことは少ないのだが、それでも強い風雨で外に出られずに、二人とも一日中家の中にいることもある。

そういうときでも、民蔵はたとえば兼七が食事を終ったころに、入れ違いに台所に入って来たりする。あきらかに避けているのだった。

――偏屈なひとらしい。

おさんは狐のように顔の尖った男を、はじめはそう思って眺めていた。民蔵は口数も少なく、女中たちを相手に無駄口を叩くこともしない男だった。

しかし、ただ偏屈だというだけの男でもないらしいと気づいたのは、民蔵が時どき手代の庄次郎の部屋に入りこんで、ひそひそと何やら話しこんでいるのを見かけるようになったからである。庄次郎の部屋からは笑い声が洩れて来た。民蔵も一緒に笑っていたのである。

二度ばかり、こういうことがあった。庄次郎が夜遅く帰って来た。店の者が遅くなるとき、潜り戸をあけるのはおさんの役目である。おさんが戸をあけると、庄次郎はめずらしくごくろうさんだな、と言ったが、全身から顔をそむけるほど酒の香がにおった。そして庄次郎は一人ではなく、民蔵と一緒だったのである。民蔵も酔っていた。二人が外で落ち合って酒を飲んで来たことはあきらかだった。

そういうことにどういう意味があるのか、おさんにはよくわからない。ただわかるのは、兼七は手代の部屋に入りこみもしないし、一緒に酒を飲んだりもしていない、ということだった。

おさんは不安だった。いまも裏庭の台所口の外で鍋墨を掻き落としながら、ぼんやりとそのことを考えている。

兼七も民蔵も、伊豆屋に取引きをもとめに来ている。取引きを決めるのは手代の庄次郎ではない。番頭もいて、主人もいる。最後には主人の重右衛門のひと言で決まるのだろう。

だが話がすすむ中で、たとえば庄次郎を味方につけておけば、いざ取引きをまとめるというときにそれが物を言うことは十分考えられる。そのぐらいの道理は、おさんにもぼんやりと見当がつく。民蔵がやっていることは、そういうことかも知れなかった。

民蔵が手代の部屋でひそひそ話をしたり、一緒に酒を飲んで帰ったりすることに、そういう意味があるとすれば、民蔵という男は、愛想のない顔に似合わず、なかなかの遣り手なのである。裏の手を知っている男なのだ。

兼七は、それをしていない。持って来た金が乏しくなって、残るのは路銀だけという話もしていたから、たとえばその気があったとしても、庄次郎に酒をおごったりすることなど出来ないのかも知れない。だが大体兼七にはそういう気働きが欠けているようにもみえた。ともかく兼七は何もしていない。

足を棒にして、せっせと外を回っているだけである。考えているうちにおさんは胸の中の不安が、さっきより濃くなったような気がしている。

――あのひとは、民蔵がしてることに気づいているかしら。

そう思いながら、おさんは力を入れて鍋の底をこすった。

おすえもおみつも手が汚れると言ってやりたがらないが、おさんは鍋の底を掻く仕事が嫌いではない。

錆《さ》びた包丁が、きこきこと甲高く澄んだ音を立てるのもいいし、墨を落として行くはしから、ぴかぴか光る鍋の生地があらわれて来るのも気持がいい。

鍋底を掻く音は、無作法に裏庭にひびきわたるが、咎《とが》める者は誰もいない。その音の中に、どこか哀しげな音色がまじるのも、おさんは好きだった。

不意に手もとに影が落ちて、射しかけている日暮れの光を遮った。見上げると、兼七が立っていた。

「やっぱりあんただったな」

兼七は白い歯をみせ、屈託のない顔で笑った。表情がめずらしく明るい。

「おさんさんには、ほんとに感心しますな。よく働く」

おさんは手をとめてうつむいた。顔が赤くなるのを感じた。だが、おさんはすぐに顔をあげて、前にしゃがんだ兼七を見た。

取引きの話はどうなったのだろうか。民蔵のことは気づいているのだろうか。そう思ったとき、兼七はまるでその気持を読み取ったように、心配はいりませんよ、おさんさんと言った。

「明日の晩には、旦那さんからご返事をいただけるそうです。いま、旦那さんと一緒に外からもどったところですが、みちみちのお話では、取引き話は八分どおり大丈夫のようです」

「………」

「八分どおりというのは、品物をあずけたまま、まだご返事をいただいていない大口のとくい先が残っているせいですが、これまでのところ、回り先では大てい品物をほめてもらっていますし、旦那さんも、それで八分どおり決まったとおっしゃったわけでしょう」

「……………」

「お世話になりましたなあ、おさんさん。傷の手当てをしていただいたり、洗濯をしてもらったり。あんたのことは忘れません」

おさんは首を振った。

「取引きがまとまれば、村もこれでひと安心というものです。さぞ首を長くして私を待っていることでしょう」

「……………」

「まとまっても、まとまらなくても、私はあさっての朝、おいとまして村に帰ります。取り入れの仕事が待っていますからね。お世話になりました」

兼七は不意に手をのばしておさんの手を握った。おさんはびっくりして手をひこうとしたが、兼七は鍋墨に汚れたおさんの手を放さなかった。

そして深ぶかとおさんの顔をのぞきこみながら低い声で言った。

「あんたのようないい娘さんが、声を出せないなんて、どうしてだろうね」

「……」

「一度聞いてみたいと思っていたのですよ。あんたがそんなふうになったのには、何か深い仔細《しさい》があるに違いないという気がしてね。あんたを見ていると、そう思えてならないのです」

「……」

「どうだろう？　よかったら私に、その話を聞かせてくれませんか」

兼七は、おさんの顔を、そうすれば声を聞きとることが出来るというように、少し顔を傾けて真剣な眼で見まもっている。

おさんは顔をそむけた。おさんが声を失ったのは八つのときである。病気の父親とおさんを捨てて母親が男と行方をくらました。

父親が死ぬ半月ほど前だった。半年も前から若い男に溺れていた母親は夫の死ぬまで待てずに駆け落ちしたのである。

気力を失った父親が死に、近所の者に葬式を出してもらった夜、おさんは誰もいない家の中で、夜具をかぶって声がかれるまで泣いた。悲しくて、おそろしい夜だった。

そのころから、おさんは物を言わなくなった。遠縁の家にひきとられ、そこでいじめられたりもしたが、おさんはひと言も口を利かなかった。かたくなに声を出すことを拒んだ。自分では気づかなかったが、おさんはそうすることで、自分を捨てた母親や、薄情で意地の悪い親戚のひとびとに全身で抗《あらが》っていたのである。

あれは物をしゃべらない娘だと言われた。だがおさんは内心で、人なみに嬉しいことがあれば、そのときはいつでもしゃべってあげるよと思っていたのである。

だが何年もそうしているうちに、物を言わないことは少しも苦痛ではなくなった。おさんは無口に馴れ、それが自分の性分に一番よく合っているように思えて来た。あたりにそう思われてしまい、物をしゃべらないですむということは気楽なことだった。大ていの悪意や嘲《あざけ》りは、そうしていると頭の上を通りすぎて行くものだということにも気づいた。

一切物を言わないというやり方の中には、自分を捨てて男と逃げた母親に対する復讐の快感がまじっている。おさんは時どき心の中で母親に毒づいた。ごらんよ、あんたの子は、とおさんは自虐的に胸の中でつぶやくのだ。おかげさまでこんな娘になっちまった。

おさんの胸の中に、後悔の涙にくれておさんを見つめる母親の姿があらわれる。するとおさんの気持はたちまち快い復讐の快感に満たされるのだった。無口は、おさんにとって寝心地のいい寝床のようになった。おさんはひたすらその中にもぐりこみ、ぬくぬくとあたたまって月日を過ごした。

しかしあるとき、おさんは突然に母親に対する憎しみを捨てた。伊豆屋に奉公に来て一年経った十五のときのことである。その日おさんは町を歩いていて母親にそっくりの女を見た。女のあとをつけ、家の前までついて行ったが、女は母親ではなかった。おさんは店に帰り、うす暗い女中部屋にこもると一人で長い間泣いた。

泣きながら、子供の頃から胸にしこっていた母親への憎しみが、あとかたもなく消え失せるのを感じ、おさんは明日からはまわりのひとのように物を言おうと思った。あまりに長い間意固地を通して来た自分に嫌悪を感じていた。おさんは大人になったのかも知れなかった。

だがおさんは結局、しゃべることが出来なかったのである。言葉は喉の奥にひっかかって、どうしても外に出て来なかった。言うことがあってしゃべろうとすると、おさんは奇妙なおびえに襲われ声は喉につかえて、無理に押し出そうとすると冷や汗が出るのだ。おさんはもとの無口にもどった。いまも、そのままである。

おさんは兼七を見た。不意に眼に涙があふれた。兼七には話したいことがいっぱいあった。とりわけ民蔵のことを知らせてやりたかった。だがそれだけ話すことがありながら、声はひと言も口に出て来ないのだ。

「ごめんよ、おさんさん」

兼七はあわてたように言った。おさんを無用に悲しくさせたと思ったらしい。

「悪かった。よけいなことを聞いたようだね」

おさんははげしく首を振った。兼七の気持は身にしみるようにわかっている。兼七はおさんの声を聞き取ろうとした、たった一人の男だったのである。

おさんは涙をふいて、兼七に微笑してみせた。

六

二階の奥にある納戸に物を取りに行ったおさんは、手代の部屋から話し声が洩れて来るのに気づいて足をとめた。

はじめから立ち聞きするつもりだったのではない。ただ庄次郎の話し相手が民蔵であることが気になったのである。二人は声をひそめるでもなく話していた。

「心配はいらないよ、民蔵さん」

庄次郎の笑いを含んだ声が聞こえた。

「大真寺さんには、今日手を打って来た。それで終りです。明日、うちの旦那は大真寺に行くだろうが、一番のとくい先に首をかしげられちゃ、兼七の方の話を決めるわけにはいかない」

「はい、そうでございましょうとも」

「あんたの方の品物は、うんと売り込んでおきましたからね。まず、大丈夫。旦那は兼七が先口でもあるし、そっちの方の話をまとめる気になっているようだが、なに、最後にはあたしがひっくり返してやります」

「何から何まで、手代さんにはすっかりお世話になります」

「ただ、話がまとまったら了淵《りょうえん》というお坊さんに、もう一度礼をしてくださいよ。うまく話が運べば、あのひとのおかげということになりますからな。お礼はやっぱりお金がいいでしょう」

「むろんです、手代さん。そのつもりでお金は用意して来ました。お寺にも、手代さんにも、そのときは改めてお礼をさし上げるつもりでおります」

庄次郎の満足そうな笑い声が聞こえた。おさんは静かに後じさりした。やっぱり心配したようなことが、裏で運ばれていたのだ、と思った。聞いたことの重大さに、足がふるえた。すると、廊下の板がぎいと鳴った。

その音を、聞きつけたらしい。さっと障子が開いた。庄次郎の姿が、行燈の光を背に黒くうかび上がった。

「何だ、おさんじゃないか」

庄次郎は言ったが、廊下に出て来るとうしろ手に障子をしめた。そのままおさんの方に近づいて来る。

おさんはさっき出て来た納戸の方に追いつめられた。

「おい、いまの話を聞いたな？」

と庄次郎が言った。不意に庄次郎はつかみかかって来て、おさんの両腕をつかんだ。

「何を聞いた？　え？」

庄次郎ははげしくおさんをゆさぶった。おさんは恐怖の眼を見開いて、黒い影のようにかぶさって来る庄次郎を見た。

「さあ、言え、何を聞いた」

庄次郎は、低いおどしの利いた声で言った。いたわりのないはげしい力で身体をゆさぶられて、おさんは首ががくがくした。

庄次郎は低い罵《ののし》りの声を洩らしながら、手をすべらせて今度はおさんの首をつかんだ。だが、そこで庄次郎は、ふと黙りこむと手の動きをとめた。

肩から二の腕にかけて、おさんのそのあたりはむっちりと娘らしい肉がついている。

庄次郎は手の中にある肉の弾みに気づいたというふうでもあった。おさんの肩をつかんだまま黙って立っている。恐怖におさんは身体がふるえた。

「こわがることはないよ、おさん」

庄次郎は、変にやさしい声で言った。

「立ち聞きしたのならしたと言いな。そう言えば、何もせずに放してやる」

そう言いながら、庄次郎はおさんに身体を押しつけて来た。片手をのばして納戸の戸を開けようとしている。暗い部屋に連れこむつもりなのだ。

おさんの恐怖が絶頂に達した。高い叫び声をあげると、庄次郎の身体を突きのけて、梯子《はしご》の方に走った。ころがるように階下に降りた。

悲鳴におどろいたのか、さすがに庄次郎も後を追って来なかった。二階で障子が開く音がし、庄次郎の声が、叱るように「何でもない」と言うのを聞いた。

足音をしのばせて明るい茶の間の横を通り、台所にもどると、おさんは手さぐりで水を飲んだ。恐怖でまだ血がざわめいていた。

――兼七さんに知らせなければ……。

少し落ちつくと、おさんはそう思った。庄次郎と民蔵が話していたことは、聞き流しに出来ないことだった。おさんの耳に間違いがなければ、庄次郎と民蔵は裏から手を回して、兼七の方にまとまりかけている話をぶちこわしにかかっているのである。

――だが、どうして伝える？

おさんは字が書けなかった。声は喉の奥に石のようにかたまったままである。台所の闇の中に、おさんはいつまでも茫然と立ちつづけていた。

七

潜り戸を開けると、おさんは兼七を外に送り出し、自分も見送って出た。

「それじゃ、おさんさん」

兼七はおさんを振りむいて言った。

「ひと月足らずの間でしたが、あんたには本当にお世話になった。もう、江戸に来ることはないと思いますが、あんたのことは忘れませんよ」

兼七は微笑していた。だが男だから笑顔をみせているのだ。このひとは昨夜眠れなかったろうとおさんは思った。兼七の顔は青白かった。

伊豆屋の主人重右衛門は、兼七が持って来た取引きの話をことわった。大きなとくい先が、新しい紙を入れるのに乗り気でない、あんたの村の紙は上物なのに残念だ、と重右衛門は言った。

兼七はあきらめるほかはなかった。世話になった礼をのべ、明日の朝早く発たせてもらいますと挨拶した。

外はやっと明るみがさして来たばかりで、町はまだ眠っていた。伊豆屋の者も、まだ眠っている。人気のない路に、青白い霧が這《は》っている。

おさんの胸には、悲しみが溢《あふ》れている。手代や民蔵のしていることがわかっていながら、何もしてやれなかったくやしさが、その悲しみを倍加している。何も知らずに、取引きに負けて村に帰る男があわれだった。

「それじゃな、お達者で」

旅姿に身を固めた男は、律儀に頭をさげて背をむけた。少し行ってから振りむいて笠をあげて挨拶した。そして今度は後を振りむかずに足をはやめて去って行った。

おさんは自分が涙を流しているのを感じた。涙で男のうしろ姿がぼやけた。おさんはあわてて眼を拭いたが、涙は後から後から溢れ出て、胸の中の悲しみは重くなるばかりだった。おさんは、喉に小さくむせび泣く声を立てた。悲しくて立っていられないほどだった。

――どうしたのだろ？

おさんはそう思った。そのとき、おさんは眼の前に青白い光がはためくように、自分の気持をさとった。兼七と別れたくないのだ、と思った。そう思うと、これまで兼七という男に寄せた気持の底にあるものが、謎がとけるように残らず見えて来た。私はあのひとが好きなのだ。

おさんは不意に走った。兼七に追いついて、そのひと言だけは伝えなければならないという気がした。

道はまっすぐで、豆粒のように小さくなった男の姿が、まだ見えた。おさんは裾を押さえて走った。もどかしくなって、途中で下駄を脱ぎ捨て、はだしになった。たちまち砂利が足に喰いこんで来たが、その痛みをおさんは感じなかった。男の姿だけを見つめて走った。

「兼七さん、待ってください」

おさんは叫んだ。その声は胸の中でひびいただけだったが、もう一度叫んだとき、それは澄んだ女の声になった。

おさんは気づかなかった。もう一度声をふりしぼって呼んだ。

「待ってください、兼七さん」

男が立ちどまり、おどろいたように振りむくのが見えた。兼七は、走り寄るおさんをみると、自分も走ってもどって来た。

その胸に、おさんはどっと身体をぶつけた。男の腕が力強くおさんを抱きとめた。

「私を一緒に連れて行ってください」

とおさんは言った。兼七は落ちついた眼でおさんの顔をのぞきこんだ。

「一体どうしたと言うんだ、おさんさん」

「私を連れて行って」

おさんはうわごとを言うように繰りかえした。

「あなたの家に、連れて行ってください」

「いいとも」

しばらくして兼七は言った。

「それは私が言いたかったことだよ、おさんさん。あんたに傷の手当てをしてもらったころから私はそう言いたかったのだが、私は子持ちです。自分の口からは言えなかった」

「ほんとですか?」

「ほんとだとも。取引きはだめになって、嫁など連れて帰ったら、村のひとに怒られるかも知れないが、私はしあわせ者だ。江戸に来た甲斐《かい》があったというものです」

「ありがとう、兼七さん」

「それにしても、一度お店にもどって、ご主人にことわりを言わないとな」

そう言ってから、兼七ははじめて訝《いぶか》しそうにおさんを見た。

「あんた、こうしてちゃんと話せるのに、いままでどうして口を利かなかったんだね」

おさんは答えずに微笑した。そんなことはおさんにだってよくはわからない。ただおさんは、いま新しい女に生まれ変った自分を感じていた。ついさっきまでの自分が、遠い他人のように思える。

店にもどる途中で、兼七は立ちどまっておさんの下駄を拾った。おさんの足の埃《ほこり》をはらい、下駄をはかせながら、兼七は言った。

「あんたのようなきれいなひとを、まわりの男のひとたちはどうしてほっておいたものだろうね」

おさんは顔を赤くした。しあわせな気持に胸を満たされていた。

町は少しずつ明るくなって来ていた。道に早出のひとの姿が、二、三人見えて、霧はもう消えようとしている。

店にもどったら、旦那にあのことを話してみようかとおさんは思いはじめていた。

話せば旦那はさぞびっくりするだろう。そして兼七との取引きも考え直してくれるかも知れない。手代の庄次郎はただでは済むまいが、かまうものかと思った。おさんの胸の中に、以前はなかった勇気のようなものが芽ばえている。

兼七のために、やってみるべきことだった。おさんは、男によりそい顔を見上げながら言った。

「兼七さん、取引きのことですけど、ひょっとしたら大丈夫かも知れませんよ」

時雨《しぐれ》みち

機屋《はた》新右衛門は、さざん花を見ている。こんなに大きな木だったかと思っていた。池のそばにある松などにくらべると、幅はさほどではないが、木の頂きは、すぐそばの塀をはるかに抜いて、枝の先は灰色の空までのびている。その枝頭にも花が咲いていた。

木の周りの湿った地面に、夥《おびただ》しい花びらが散っている。そして木は、まだ夥しいつぼみをつけていた。寒くなるのを待っていたように咲きはじめた花は、ひらききるやいなやすぐに散りはじめるものらしい。

そういったことに、べつに今日はじめて気づいたわけではない。塀ぎわのさざん花は、茶の間からまっすぐ見える場所にあって、部屋を出入りするたびに目についた。花は白である。晴れた日はさほど目立たない、むしろ貧しげな花だが、曇り空の下や、小雨の日には、花がある一画だけ、ほのかな明るみに包まれて、あ、さざん花が咲いているなと思わせるのである。

だが、こうしてそばに立って、しみじみ花を眺めたなどという記憶はなかった。ただ季節の目安に目にとめただけのようである。いそがしくて、花どころではなかったのだと、新右衛門はあらためて考える。

もっとも、曇っている午後の庭に、そこだけ沈んだ光を湛《たた》えている花木にひかれて庭に降りたものの、感じ入って長く眺めている花でもない気がした。新右衛門はやり手の商人で、日日の関心は、あらかた商いのうま味にむけられている。風流とは縁遠かった。酒は少少飲むが、女も買わず、小唄もならわず、商い仲間からは堅物とみられている。

——あだげない花だの。

新右衛門はすぐに倦《あ》きて、そう思った。うつくしさからいえば、さざん花よりも、庭の隅にある黄菊の方がきれいだと思った。

いそがしくはない。店の方は新右衛門が出なくとも番頭の彦蔵が万事仕切っていて、新右衛門がそうして庭をぶらついている間にも、機屋の富は休みなくふえつづけているのである。

底つめたい空気が澱《よど》んでいる庭を横切って、新右衛門が菊がある方に歩きはじめたとき、家の中から男の声が新右衛門を呼んだ。振りむくと手代の参吉が縁側に膝《ひざ》をついている。

「何か、用かい？」

「市助さんがおみえになっていますが……」

「いると言ったのかい？」

「はい」

新右衛門は、少し顔いろを曇らせた。新右衛門は若いころ、大伝馬町《おおでんま》の太物《ふともの》問屋安《あ》濃《のう》屋に奉公した。市助はそのころの奉公人仲間で、年もひとつか二つしか違わない男だが、いまは境遇に大きなへだたりが出来ていた。

新右衛門は、太物卸の機屋といえば、芝神明《しんめい》のあたりで知らない者がいないほどの店の主人であり、市助は、その機屋からわずかな品を卸してもらって、行商で喰っている人間である。

一年ほど前に、ひょっこりと市助がたずねて来て、品物を売らせてくれと言い出したとき、新右衛門はびっくりしたが、喜びもした。市助に会うのはあらまし二十年ぶりで、懐《なつ》かしかった。市助の頼みには、そんなことならお安いご用だと答え、その日はとりあえず店の近くにある馴染《なじ》みの小料理屋に誘って、夜おそくまで昔話をした。

新右衛門は、市助にほとんど儲《もう》けなしで品物を卸した。店の者には、市助を粗略に扱わないように言いつけ、新右衛門自身も、手があいているときに市助が来ると、茶の間に通したり、例の小料理屋に連れて行って一杯飲ませたりした。

いまも市助に対する扱いは、それほど変ったわけではない。市助は月に二度ほど来て、安い値で品物を仕入れて行く。新右衛門が店にいなくとも、番頭の彦蔵が、店先にお茶を運ばせてひとしきり市助の相手をし、笑顔で取引きして帰しているはずだった。ただ新右衛門は、ここ二月ほど、市助と顔をあわせていなかった。市助が仕入れに来たとき家の中にいても、組仲間の寄合いだとか、上方《かみがた》から来た客のもてなしで外に出ているとか、彦蔵に言いふくめて居留守をつかった。

市助に会っても、おたがいの暮らしむきのこととか、安濃屋に奉公していたころの話しか出ない。暮らしのことは、ひととおり話をしてしまえばそれだけのものだし、昔話といっても、そうそうきりがなくあるものでもない。

これが商いの仲間とか、遊びの仲間とかであれば、尽きない話というものもあるわけだが、市助との話は限られている。若いころのつき合いから面倒をみるという形になってしまうと、話題はよけい限られて来た。そうそうまめにつき合うこともあるまい、と新右衛門は考えるようになっていた。

だが、それだけが居留守をつかう理由だとも言えない。ぶり返したつき合いが一年ほど経つ間に、新右衛門は市助に対して、どことなく釈然としないものを感じるようになっていた。その感じは、少しずつたまって、いまは気持の底に澱《おり》のように沈んでいた。

たとえばこういうことだった。新右衛門は昔の仲間、それも四十を過ぎて行商で喰っている男から儲けることもなかろうと思い、仕入値同然の値段で市助がのぞむものを卸してやっている。二、三日支払いを待ってくれと泣きつかれれば、それも承知した。二、三日が四、五日になっても、催促したことはない。市助は、いまも昔もおとなしい男で、新右衛門には、そういう市助の面倒をみるという気持がある。

だがそういう扱いを、市助がさほど有難がっているともみえないのである。市助は、新右衛門に対して、そうまでしなくとももと思えるような、卑屈な言葉を使ったり、表情をつくったりする。だが、新右衛門が品物の取引きのことで、特別なはからいをしていることについては、ひと言も触れたことがなく、礼を言ったこともないのだ。

有難がってもらいたい、というのではなかった。市助との取引きは、機屋の商いからみれば微々たるものだった。目くじら立てるほどのことではない。しかし、だから当然だという顔をされては、新右衛門もいい気持はしない。

市助は、行商をはじめてから五、六年になるのだ、と言う。してみれば、卸値の相場を知らないというのでもなかった。べつに礼を言われたいがための好意ではないが、その好意に対する市助の黙殺ぶりは、腑《ふ》に落ちないものだった。

——それに、貸した金のことがある。

庭から縁側に上がりながら、新右衛門はそう思った。会って話している間に、何度か市助に小金を貸した。暮らしにこまっているようなことを言われて、そのつど財布から出してやった金だが、積もって五両ほどになっているはずだった。

べつにすぐ返してもらわなくともよい。だがくれてやったわけじゃない、と新右衛門は思う。ところが、その借金についても、市助はいつ返すとか、もう少し待ってくれとか言ったためしがないのだ。借りっぱなしだった。

五両という金は、組仲間の誰それとそのあたりの料理屋に行き、芸者でも呼べば一晩で散じる金である。だが、だからといって借りっぱなしで当然という顔をしていいものではあるまい。

——ついでだから、借金の催促でもしてみるか。

弾まない足を店に運びながら、新右衛門はそう思った。店先で借金の催促でもあるまいから、外に連れだすことになるか。

「商いはうまくいってますか、市さん」

小女の酌でひととおり酒が回って、世間話もすんだところで、新右衛門はそう言った。

「ええ、どうにか。ま、親子四人飢えずに年が越せそうでござんすよ」

「そりゃよかった」

新右衛門は、おあさという小女に、市助にお酌をするように眼くばせしながら言った。

「しかし、何だな。市さんも正月を迎えると四十二、いや？　四十三か」

「へい、四十三ですよ。旦那より二つ年下ですかな」

「旦那はやめてくれないか」

新右衛門は苦笑した。だが腹の中ではもっとにがい顔になっていた。旦那などと呼ばれても面白くはない。市助と飲んでも、少しも楽しくなかった。

「あんたにそう呼ばれると、気味が悪い。昔のように助次郎と言ってもらいたいものだ」

「なにをおっしゃいますか」

ねえ？　と市助はおあさに顔をむけ、同意を強いるように自分でうなずいてみせた。

「そちらさんは、芝でかくれもない機屋の旦那で、こちらはしがない背負い売りの商人。身分が違いますよ」

「あたしは、身分でつき合っているつもりはないよ」

と新右衛門は言った。さっきから腹の中に動いているいらだちが、少しずつ軽い怒りに変りそうな気がしている。

おとなしい口ぶりで、殊勝なことを言っているが、市助はやはり、はじめからしがない身分を逆手にとって、裕福に暮らしている昔の仲間にたかるつもりだったのではなかろうか。これまでつとめて避けて来たその考えが、おあさに催促の盃《さかずき》をつき出している市助を眺めているうちに、胸にふくれ上がって来るようだった。

市助がそのつもりでいるなら、べつに甘い顔をみせることはないと思った。商いは商いと割り切った取引きをさせてもらうしかないし、貸した金は返してもらわねばなるまい。

「あさちゃんや」

そろそろお店の方がいそがしいだろうから、ここはもういいよ、と新右衛門はおあさに言った。おあさは、客と話を合わせるどころか、ろくに酌もとれない娘である。気がつくと、膝の上で銚子《ちょうし》をつかんでぼうっとしている。

部屋の中がうす暗くなって来ていた。新右衛門は、おあさに行燈《あんどん》の灯をいれさせ、いつもしているようにおひねりを渡して店にもどすと、あらためて市助に酒をついだ。

「しかし、何だね。あんたもいつまでも背負い売りじゃ大変だな」

「ええ、まあ」

「おたがいに、そろそろ年だからの。あたしなんか、四十を過ぎてからこのかた、しじゅうどっかぐあいが悪くてね。とても若いときのような無理は出来ない」

「おっしゃるとおりでござんすよ」

「あんたも、いまさら奉公で出直すわけにもいくまいから、いずれ店を借りて自分で商いをするほかはなかろうが、少しは金がたまったかね」

「とんでもございませんです」

市助は手を振った。新右衛門にむけた顔が酔いで真赤になっている。小柄で顔も瘦《や》せているので、市助は猿に似て見えた。その顔に、卑屈な笑いがうかんでいる。

「この前旦那に申し上げたように……」

「市さん、その旦那呼ばわりはやめなさいというんだよ」

新右衛門は、ついけわしい声を出した。

「あんたに旦那などと呼ばれると、あたしはぞっとする」

「さよですか」

市助は怪訝《けげん》そうな顔をした。

「そうとも。かりにも昔の仲間をつかまえて、旦那はないよ。あんたはそうしてあたしをおだてておけば、何かいいことがあると思ってるかも知れないが、はばかりながらあたしも商人。けじめをつけるところはつけますよ。よござんすか」

「そりゃ、もう」

市助は途方に暮れたような顔をした。新右衛門が、急にいきり立ったのが解せない

くりしたぐらいだから」

「裾継ぎで働いてますよ」

「……」

「一年ぐらいも前でしょうか。仲町の路でばったり会いましてね。いやもう、昔とはすっかり変っているので、びっくりしました」

「なるほど」

と新右衛門は言った。

「それで、おひささんと昔話がはずんで、あたしの悪口なども聞き出したというわけかな」

「違いますよ、旦那」

と市助は言った。市助の顔にうす笑いがうかんでいる。

「旦那の話などはしませんでした。だけど、あたしゃ昔のね、あのことを知ってるんです。誰にも言いませんでしたけどね」

そうか、と新右衛門は思った。市助の顔をじっと見た。おひさとのことは、誰にも知られずにうまく始末したつもりだったが、やはり気づいた人間はいたのだ。

なるほど市助のような男でも、そのときのことといまのおひさの境遇を結びつけて、ひょっとしたら機屋の儲けにたかるネタになるかも知れないと踏んだわけだ。そう思って眺めると、小柄で猿のように赤い顔をした四十男が、なかなか油断ならない狡猾《こうかつ》さを隠しているようにも見えて来る。

だが古い話だった。とっくにカビがはえた話だと思った。少なくとも市助は、その話を持ち出して来るのが十年おそかった、と新右衛門は思った。もっともそのあたりの才覚の鈍さが、市助らしいと言えなくもない。

「なるほど」

新右衛門は微笑した。

「それであんた、そのことをあたしの女房にでも話すつもりかな」

「…………」

「昔の女が、おちぶれて裾継ぎで女郎をしているなどと聞いたら、女房はたしかに驚くかもしれませんな」

新右衛門は軽い笑い声をたてた。ぐさりとやられたようだった気分から、もう立ち直っていた。何か言おうとする市助に、新右衛門は押しかぶせるようにして言った。

「だけど、それだからあたしが言ってくれるなと頼んだりするかと思ったのなら、そりゃ市さん思い違いだ。いまさら昔のことが女房に知れたって、あたしはちっとも困りはしない」

風邪がなおり切っていない女房は、夜の食事を済ますと、すぐに寝間にひっこんだ。一人娘のおふみも、さっさと自分の部屋にひき揚げて、新右衛門は茶の間に一人とり残された。

番頭の彦蔵は通いで、家に帰ったし、奉公人たちは台所で飯を済ませたあと、夜の挨拶を残して二階に上がってしまった。台所から、後片づけをしている女中の話し声と、瀬戸物の音が遠く聞こえて来るばかりである。

庭に雨の音がしている。新右衛門は火鉢の火を掻き立ててから、お茶をすすった。おひさという女のことを考えていた。市助は、新右衛門がおひさのことを持ち出されても動じないのをみて、機屋の主人の弱味を握っていたつもりが、とんだ思惑違いだとさとったらしく、急に態度を変えた。

もともとの小心さをむき出しにして、借金のこともあやまり、早々に帰ってしまった市助のことは、それで気持が片づいたが、かわりにおひさのことが気重く残ったようだった。それはにがい思い出だった。

——若かったとはいえ……。

よくあんな無分別で、残酷な仕打ちが出来たものだ、と新右衛門は思った。思い出のにがさは、おひさがいま裾継ぎで女郎をしているという市助の言葉を重ねると、倍加してただならない苦汁を胸に溢《あふ》れさせるようだった。

安濃屋は、そのころの大伝馬町の太物問屋がおしなべてそうだったように、店に女を置かなかった。台所仕事から家の中の拭き掃きまで小僧がやった。だが安濃屋の主人佐兵衛は、すぐそばの小舟町に家を構えていたせいで、時どき家からおかみや女中を呼んで、台所向きの仕事を検《あらた》めさせたり、指図させたりした。むろん女たちは店に泊ることはなく、日があるうちに家にもどる。

しかし男女の仲ほど不思議なものはない。そのころ助次郎といった新右衛門と、安濃屋の女中をしていたおひさは、そんな窮屈なしきたりの中で、はげしく好き合うようになったのである。

まわりの眼のきびしさが、かえってひそかな忍び会いを一途《いちず》なものにした。そんなことが出来たのは、新右衛門が手代で、外に出ることが多かったからである。外で会い、次に会う約束もそこでした。おひさが台所の用で店に来ても、二人は店の中では顔も合わせないほどに用心をした。

二年ほど過ぎたころに、新右衛門は取引きで時どき顔を出していた機屋で、主人からじきじきに婿に望まれた。思いがけない運がめぐって来たのだった。

新右衛門は一度はことわった。だがことわったあとに、みすみす訪れた幸運をとりにがした後悔が残った。後悔したそのときに、おひさから少し心が離れたのだが、新右衛門はすぐには気づかなかった。

おひさよりも、機屋の縁談の方に心が傾いていることを、はっきりとさとったのは、ちょうどそのころおひさから、子供を身籠《みごも》ったと打ち明けられたときである。

――あのときは、崖っぷちを爪先でわたったのだ。

と新右衛門は思う。若くて、先も足もとも見えないから出来たことだった。いまなら、とてもあんな真似は出来ない。

機屋の主人から、二度目の話が出た。主人は新右衛門の勤めぶりを持ちあげ、婿に来てくれれば、店は娘夫婦にまかせてわれわれは隠居してもよい、と言い、話のついでのように安濃屋が莫大な借金を抱えていることを話した。あの店は間もなくつぶれますよ、とも言った。

はっきりと決心がついた。新右衛門はおひさを子おろしの医者に連れて行った。そして誰にも知られることなく、首尾よく子供の始末がついたとき、おひさからも心が離れた。憑《つ》き物が落ちたようだった。

そのあとどう言いくるめて、おひさに別れ話を承知させたものか、新右衛門には、はっきりとは思い出せない。ただ、いまのようなことをつづけていれば、二人とも身の破滅だと、半ば脅しをかけた自分の言葉をおぼえている。

おひさはおとなしい女だった。歯むかうようなことも言わず、また男の一方的な別れ話の裏をさぐるような気配も見せなかった。ただ、このまま狂うのかと、新右衛門がおびえたほど泣いた。出合い茶屋を兼ねる小料理屋の奥、汚れた壁に行燈の灯がまたたく部屋で、おひさの泣き声に耐えながら、新右衛門はそのときただ、もう少しの辛抱だ、もう少しでこの修羅場から逃げ出せると思っていたのである。

新右衛門は、立ち上がって縁側に出ると、雨戸を一枚繰って庭をのぞいた。暗い庭に、雨の音がしている。昼に見たさざん花は、そこからは見えなかった。

若いころは、さほど心が痛まなかったことが、いまになって身もだえするほどに心を責めて来るのはなぜだろうと、新右衛門は思った。こごえるような夜気が、庭から這《は》いのぼって来て身体《からだ》を包むのを感じながら、新右衛門は凝然と雨の音を聞いた。

市助の話によれば、おひさは安濃屋がつぶれる前に暇をとって、鳥越《とりごえ》の桶《おけ》職人に嫁に行ったという。してみれば、いま女郎の境涯に落ちたのは、新右衛門との間にあった過ちのせいだとは言えない。かかわりがないといえば、かかわりがないのだ。

そう思いながら、新右衛門は暗い庭の奥に、ほっそりした身体つきで、笑顔が子供っぽかったおひさの姿が、まぼろしのように立ちあらわれて来るのを感じていた。

一ノ鳥居をくぐると、左手に火ノ見櫓《やぐら》が見えて来る。その火ノ見の東にひろがる町が、俗に櫓下と呼ぶ遊所で、裾継ぎは、その櫓下の北側にある。櫓下は、吉原を模して芸者、女郎を茶屋に呼び出して遊ぶ場所だが、裾継ぎはそうではない。軒をならべる妓楼に、客はそのまま入って行く。

若いころ一、二度来ただけの町だが、新右衛門は迷いもせず、町の路地を通り抜け、市助から聞いた一軒の妓楼の前に立った。

時刻は宵の口を過ぎたばかりだが、路には妓楼の灯がこぼれ、その中をこれからあがる家を吟味しながら、男たちが歩いていた。その家の中から、男たちを目がけて女の声がとぶのに、男たちも歯切れのいい言葉を返していた。どれも若い男たちで、寒さなど気にしていないようだった。

新右衛門は、古びた軒のあたりを眺めながら、しばらく立っていた。一度は会うものだろうと決心して来たのだが、そこまで来てまた迷いが出たようだった。このまま帰ってしまったところで、べつに悪いわけではない。中に入って、おひさと顔をあわせるのがこわいようでもあった。目の前の妓楼の、灯が暗く貧しげなのも気おくれをつのらせる。

引き返そうか、と思ったとき、家の中から遣り手ばあさんとみえる女が走り出て来て、いきなり新右衛門の袖をつかんだ。

「さあさ、こんな寒空にいつまでも立ってるものじゃありませんよ、旦那」

女は、さっきから新右衛門の様子を窺《うかが》っていた口ぶりで、陽気に言った。

「だれか？　馴染《なじ》みの子でも？」

「お松というひとがいるかね」

強い力で家の中にひっぱりこまれながら、新右衛門はおひさの源氏名を口にした。

通された部屋の貧しさに、新右衛門は鳥肌が立つような気がした。畳はケバ立って、あちこち白くなっている。壁は汚れて、赤茶けた瓦版の刷り物が二枚も貼《は》ってあるのは、穴ふさぎらしかった。破れた紙を、乱暴にむしったあとがある小屏風《びょうぶ》には、女の肌着がかかったままで、その陰に、折り畳んだうすい夜具の端がのぞいている。

――こんなところで身体を売らなければならないのだとしたら……。

昔のことはかかわりがない、とそ知らぬふりは出来ない。やはり来てよかったのだ、と新右衛門は思った。

酒が運ばれて来たが、新右衛門は手をつけずにおひさがあらわれるのを待った。長い間待たされたあとで、ようやく廊下に足音がした。ひきずるようなだらしない足音だった。

「こんばんは」

入って来た女が、にっと笑いながらそう言った。新右衛門は眼をみはった。人違いではないかと思った。

むくんだような青白い顔をして、胴も腰も樽《たる》のように太った女だった。だがその女は、坐っている新右衛門を見ると、すぐに言った。

「おや、助次郎さん。まあ、おめずらしい」

「……」

「どうしてここがわかったのさ。あたしゃはずかしいよ」

「市助に聞いたものでね」

言いながら、新右衛門は身体の中にもの悲しいようなものがするりと入りこみ、やがて胸の中をいっぱいに満たすのを感じた。

「ま、一杯いこうか」

新右衛門が銚子をとり上げると、おひさはうれしそうに盃をつき出した。

「市助さんに会ったんですか?」

「ああ、いま家の品物を売って歩いている」

「そういえば、助次郎さんはいまは大店《おおだな》の旦那なんだものね。機屋と言ったっけ? 芝のあたりじゃ聞こえたお店だって言うじゃないか」

「知ってたのかい?」

「そりゃ知ってたさ。あんたは、あたいをだました男だもんね」

おひさは赤い口をひらき、つぶれた声で笑った。

新右衛門は、伏せていた顔をあげた。

「あんたいまも、あたしを怨《うら》んでいるかね?」

「怨む?」

おひさは新右衛門をじっと見た。

「変なこと言わないでよ。そりゃあのときは怨んださ。あんたがうまいこと言ってあたしを捨てたのは、ちゃんとわかってた。でも仕方ないと思ったね。八つ裂きにしてやりたい気持になったのは、そのあとしばらくして、ちゃっかり機屋の婿におさまったと知ったときさ」

「……」

「あたしゃ、あの家に火つけてやろうかと思った。あんたは知らないだろうけど、ほんとにそう思って、芝のお店の近くまで行ったんだから」

「……」

「でも、みんな昔のことさ。こうしてあんたに会うまで、そんなことがあったなんて、みーんな忘れてた」

　おひさは短く笑って、手酌で酒をあおった。

「あたいもいろんな世の中を渡って来たからね。いつまでもあんたを怨んでもいられないじゃないか」

「あんた、ご亭主は？」

「二人持ったけど、二人とも死んじゃった」

「子供はいなかったのか」

「あのとき流した子供が、たった一人の子供でさ。あとは出来なかったね」

　はじめ一緒になった桶職人は、まじめに働く男だったが、五年ほどして病死した。おひさは夫に死なれたあと、仲町に来て料理茶屋の女中をした。そして三十近くなって、馴染み客の小商人に見そめられ、一緒になったが、この小間物屋が極道者だった。男が死んだあとに、山のような借金が残っていて、おひさは家屋敷を奪われてまだ残る借金の方《かた》をつけるために、いまの境涯に身を沈めたのである。

「もう借金は残ってないよ」

おひさはうす笑いをうかべた。

「だけどこの年になって、いまさら外に出ても仕方ないしね。こうやって男を相手に暮らしてるのも、結構気楽なもんさ」

だが、もうそろそろ年だろう、と新右衛門は厚い化粧の下に刻まれている、夥《おびただ》しい小皺《こじわ》を見つめた。

用意して来た金の包みを、新右衛門はおひさの前に置いた。

「これ、何かの役に立つだろう。とっておいてくれないか」

「なに、それ？　あんた、どうしたの？　ちっとも飲まないじゃないか」

言いながら、おひさは袱紗《ふくさ》包みをひきよせてあけた。金だとわかると、おひさは顔をあげて新右衛門を見た。

「どうしたの、こんな大枚のお金」

「二十両ある。ここを引き揚げて、何か小体《こてい》な商いでもするつもりがあるなら使ってくれ」

「へーえ」

おひさは言ったが、新右衛門から眼を放さなかった。

「二十両とは大金じゃないのさ」

「ま、あたしのほんの気持だ」

「だけど、あたしゃただでこんなお金をもらうわけにはいかないよ。あたいと寝るってのなら、商売だからどんな大金でも頂くけど、寝る？」

「……」

「そんな気持はないんでしょ？」

嘲《あざけ》るような声でおひさが言った。

「昔のお詫びだってつもりだろ？　罪ほろぼしのつもりだろ？　冗談じゃないよ」

おひさは金をつかみ取ると、壁にむかって叩きつけた。貧しげな部屋に、小判の音がひびきわたった。

「昔のことを言い出すんなら、百両、二百両の金積まれたって承知出来るもんか。だけどあたしゃ、あんたのような人でなしに惚れたのが身の因果と、きっぱり忘れてたんだ。それを何だい、いまごろ旦那づらしてしゃしゃり出てきてさ。鼻くそほどの金さし出して、いい子になろうたって、そうはいかないよ」

「……」

「あわれんでなどもらいたくないね。あたいの方でお前さんをあわれんでたんだ。芝で知られた店か何か知らないけどさ。大店の婿の口に眼がくらんで、冷や汗たらたらであたいをだまして逃げた男がいたっけってね」

「……………」

「見当違いしない方がいいよ、助次郎さん。お前さんが稼いだ汚い金なんか、ビタ一文だって手にさわるもんか。残らず拾って帰ってくださいよ」

新右衛門は、畳を這い回りながら金を拾いあつめた。全部拾い終ると、もとのように袱紗に包んで懐にしまい、黙って立ち上がった。部屋を出ようとする背に、斬りつけるようなおひさの声がとんで来た。

「今夜の酒はおごりだよ。二度と顔を見せないでおくれ」

新右衛門は廊下に出ると、うつむいて梯子をおりた。そのとき、出て来た部屋から、おひさの泣き声が聞こえた。しぼるような声だった。

新右衛門は梯子の途中に立ちどまって、しばらくその声を聞いたが、部屋にはもどらず、そのまま梯子をおりた。

次の日の夜。新右衛門はまたおひさがいる妓楼に行った。懐に五十両の金を用意していた。受け取るかどうかはわからなかったが、それを渡さない限りは、おひさとのつながりは切れないのを感じていた。

だが、おひさの名前を言うと、遣り手ばあさんは困った顔になった。

「あのひとは、ここをやめましたよ」

「いつ？」

「ゆうべ、急にそういう話になってさ。今朝出て行きましたよ。借金があるひとじゃないからね。それに、ぜひともひきとめたいという女子《おなご》でもないから、話はあっさり決まったようだね」

「………」

「お松なんかより、もっと若くて器量のいい子がいますよ、旦那」

ともかく上がれと袖をつかむ女の手を振り切って、新右衛門は妓楼を出た。

暗い夜だった。馬場通りに出ると急に雨が降って来て、新右衛門は濡れた。道を歩いていた人びとが、あわてて商家の軒下に駆けこむのが見えたが、新右衛門はかまわずに歩いた。空駕籠《かご》が寄って来て声をかけたが、それもことわって歩きつづけた。

路わきの商家の屋根や地面に、ひとしきり音を立てた雨は、一ノ鳥居をくぐって黒江町にかかるとはたりと止《や》んだ。そして寒さが襲って来た。

――機屋の旦那も、大したことはないのさ。

と新右衛門は、胸の中でつぶやいた。女房のおそのは、十数年来役者狂いをつづけていた。娘はどこで知り合ったのか、やくざまがいの男につきまとわれ、その男と手を切らせるのに、この春百両という金を使ったのだ。みんなばらばらに生きていた。

あのとき、おひさと一緒になっていたら、もう少しましな暮らしが出来ただろうか、と新右衛門は思った。だが考えても何の足しにもならない物思いだということはわかっていた。

すべてがやり直しのきかないところに来ていた。そのままで行くところまで行くしかない齢になっていた。

おひさは、あのときなぜあんなに泣いたのかと思ったが、そのわけがよくわかった気がした。あの女も、もうやり直しがきかない齢をさとったのだろう。貧しい妓楼の部屋から洩れて来た泣き声が、二十年前の小料理屋で聞いた声と酷似していたのを、新右衛門は思い出していた。

暗い空に、まだ雨の気配が動いているのを感じながら、新右衛門は身ぶるいをこらえながら歩きつづけた。

「藤沢周平をよむ」江戸の豆知識４（聞き手・松平定知）

江戸東京博物館学芸員
市川寛明さんに聞く

商人・大店

――（ミニチュアで展示されている）三井越後屋江戸本店ですが、三越百貨店の前身ですね。ミニチュアの中も、大変たくさんの人が働いていますが、何人くらい働いていたのですか。

市川　奉公人が百人を越えている年もございました。商家としては空前の規模でした。江戸の大きな商人は、「伊勢商人」、「近江商人」と呼ばれる上方商人が主流でした。伊勢・松阪、

三井越後屋江戸本店（復元模型）

近江に本店があり、江戸に支店を持っていました。特に三井越後屋のように呉服を扱っている店は、衣類の加工をする工房が京都の西陣にあって、そこで作ったものを仕入れて江戸で売るという商売でした。

――奉公人がそれだけいると、かなりの競争社会になりますね。

市川　競争社会かつ男社会ですね。三井越後屋の場合、寛保二年（一七四二）には三十五人奉公人を雇っていました。奉公に来るのは十代前半の少年たちばかりなのですが、最終的に店に残ることができたのはそのうちのたった一人なんです。

――えー!?

市川　多くの奉公人は途中では脱落していくんです。最初は「子ども」（小僧・丁稚《でっち》）というのですが、「子ども」から「手代」、住み込みから通勤ができるようになる「支配」と、だんだん出世していって、ようやく結婚ができて家族を持つことがで

手代と子ども（小僧・丁稚）

きます。それも四十歳くらいですね。商人は才覚がなければ家が存続しないという、ある種の実力主義があるので、一番優秀な奉公人をお婿さんにとって、娘に後を継がせると間違いが少ないんです。

――**なるほどね。**

市川　そういうこともあって、大店では多くは女系の制度を採用しているのが見られます。

（江戸東京博物館にて）

店を取り仕切る支配

解説

松平定知
（アナウンサー・京都造形芸術大学教授）

私は1989年当時、NHKの朝のニュース番組「モーニングワイド」（今でいう「おはよう日本」）を担当していた。この年は日本では元号が変わり、東欧では社会主義国がほぼ毎日変わっていくという「歴史が大きく動いた」年だった。その局面にたまたまニュース番組のキャスターとして立ち会うことが出来たのはジャーナリスト冥《みょう》利《り》につきることだった。その責任と幸運に、私は朝三時半起床、五時NHK入り、七時放送という毎日も苦にならなかった。その日の放送が終わっても、明日の全体打ち合わせや各出稿部に出かけて行ってレクチャーを受け、明日のゲストとのインタビューの下調べなどを済ますと、NHKを出るのは午後六時くらいになる。帰宅して、風呂に入って食事をして、本を読んだり若干の書き物をしたりしていると、あっという間に日付変更時間が迫って来る。目覚ましをオンにして慌ててベッドに潜り込むという毎日（月曜から金曜までの五日間）だった。でも、不思議に「しんどい」と思わなかったのは、前述したように、それは、毎日の世界の激変ぶりを全国の皆さんにお伝えしているという高揚感のせいだっただろう。しかし、そういう精神的な「張り詰め感」とは別に、「この異様な勤務形態は毎日続くのだから、平均睡眠時間三時間半から四時間という生活は、いずれ肉体的に疲れをためていくんだろうなあ」と思っていた。そこで私は、昼の食事時間を挟んでの一時間ほどを、ＮＨＫの宿直室での仮眠時間にあてることにした。

そんなある日、その日も私はそこにおいてあった週刊誌の中の一冊を無意識に手にして宿直室の「蚕《かいこ》だな」に入り、寝ころびながら、パラパラとページをめくっていた。私にしてみれば、催眠剤として活字が必要だっただけで、読むモノは何でも良かった。その時、たまたま目にとまったのが「踊る手」で、作者は藤沢周平さんだったのである。これが私の「藤沢周平体験」の始まりだった。（その時、私が手にした週刊誌の名前は記憶になかったが、それが、実業之日本社の『週刊小説』で、作品「踊る手」の初出誌だったことは、今回初めて知った。）

さて、私はその日のうちに藤沢さんの虜《とりこ》になる。作品の「風景」が心に沁み、登場人物への藤沢さんの心遣いに心ふるえて、結局一睡も出来ず、とても仮眠どころではなかった。しかし、夢中で読み進むうち、心は安らぎ、肉体的疲れは完璧に取れていく。何と心地よい読後感だろう！　以後、私は「周平作品漬け」の日々を送ることになるのだが、その結果として、この藤沢作品をなるべく多くの皆さんに知っていただきたいと思うようになる。

やがて番組担当を離れると、私は早速、提案書を書き始める。提案番組名は「藤沢周平を読む」とした。その提案書には、「ＮＨＫ側の『時間の都合』で文章のカットは一切しない。藤沢さんがお書きになった通りに、一言一句、最初から最後までそのまま読む『完全朗読』」という文言を入れた。ここまでは、特段、問題はなかったと思う。でも、それに書き添えた次の一言がいけなかった。「一切の音楽なし、一切の擬音なし、一切の効果音なし、私の声と間《ま》だけで藤沢周平さんの世界を表現する」――この「不遜な文言」が影響したのだろう、私の提案書は書いても書いてもボツになった。そうなると私も意地になって、一字一句違わぬ、全く同じ文言の提案を書き続ける。結果は九年連続ボツ、であった。しかし、十年目にしてやっと当時のラジオセンター長から「一寸《ちょっと》話を聞かせてください」と声をかけられた。そして、２００３年５月に、私の夢は満願で叶うことになった。「私の本棚・ゴールデンウィーク特集５回シリーズ」だった。その第一回放送が、これも、「踊る手」だった。そのあと、夏休み特集や冬休み特集などを経て、２００５年春からは「ラジオ深夜便」のレギュラーコーナーになった。毎週火曜日の午前0時半頃からのおよそ15分間である。こうしたレギュラー番組になると長篇もご紹介することが出来るようになり、「藤沢ワールド」は広がりを見せた。この時間は「蟬しぐれ」や「三屋清左衛門残日録」や、いま放送中の「海鳴り」など、一作品の完全朗読終了まで2年近くかかるものもあるが、そうした長篇に、珠玉の短篇をあわせて（「橋ものがたり」を一作品とカウントしても）、放送された藤沢作品はゆうに20作品を超えた。

NHKでの私の番組が未来永劫続くわけもないが、もしなくなったとしても、こうして出版社やTV会社が声をかけてくださるし、ほぼ同じ時期にNHKを定年退職した仲間で作っている「ことばの杜《もり》」という小さなグループでの朗読活動は今後もずうっと続けていくつもりだから、私は死ぬまで藤沢作品を読み続けていける。夢は「全作品完全朗読」である。藤沢さんの作品は全部好きだ。「海坂《うなさか》藩モノ」も「江戸市井モノ」も「伝記モノ」も、ジャンルは問わない。「どれが一番好きか」という質問が一番困るが、最も印象に残る作品は何？　と聞かれたら、これまでの経緯から「踊る手」になるのかなあ、と、ぼんやり思うばかりである。初めて目にした藤沢作品も、初めて朗読した藤沢作品もこの「踊る手」だったことは前に書いたが、私の朗読CD第1号もこの「踊る手」だったのだから。

「話は聞いたぜ。世話になったな、信公。おとっつぁん、おっかさんに、よろしく言ってくれよ」伊三郎はそう言うと、背中のばあちゃんをゆすり上げて、ばあちゃん行くかと言った。ほい、ほい、ほいと伊三郎はおどけた足どりで、路地を遠ざかって行く。その背に紐でくくりつけられたばあちゃんが、伊三郎の足に合わせて、さし上げた両手をほい、ほいと踊るように振るのが見えた。――ばあちゃん、うれしそうだな。と信次は思った。すると腹から笑いがこみ上げて来てとまらなくなった。母親の説教など少しもこわくなくなっていた。信次は自分も両手をさし上げて、おどけた足どりでほい、ほいと言いながら路地を家の方に歩いた。――「踊る手」の最後の一節である。何回も読んだから、いま、この箇所は何も見ずにソラで書ける。何回読んでも、何という温もりのあるラストシーンだろう。江戸下町の長屋の路地のひだまりのような風景。最初、これを目にした時、私は読みながら、ばあちゃんのように身体を動かして、笑いながら、泣いた。

××

さあ、朗読初日。「念願の藤沢作品朗読が、今日から始まるぞ」――8年半前、NHKの朗読スタジオでのマイクの前で私は武者震いをした。そして私は、作品を前に、やはり、のたうち回るのである。今日までに何回も音読練習をしてきたのだけれど……例えば。この「踊る手」に出てくる声を出す人物は、男性9人、女性19人の計28人である。(尤《もっと》も、伊三郎の長屋の前にたむろしている長屋のおばさん連中の発言には或いは重複もあるのかも知れないが、鋳掛《いかけ》屋の女房のように明らかに重複、とわかっている人たち以外は、それを同一人物の発言だと断定する根拠が作品の上では無いので、「一人一台詞」として計算した。)子供だとか、老人だとか、甲高い声とか、のっそりとか、ドスがあるとか、声そのものの描写があればともかく、全くない場合どうやってこの28人を個別化するか、黙読では何の問題もない処だ。さらにもう一つだけ「音声化の難しさ」について言えば、それまで黙っていたばあちゃんが、信次の泣き声を聞いて、やっと目を開けて、「どうしたい、信公」と初めて声を出すシーンで、藤沢周平さんはその声を「弱弱しいが歯切れのいい声」と描写なさった。これまで「歯切れがいいのは元気な声」と思っていた私は、ここでまたたじろぐのである。

まあしかし、事前にこの作品は黙読音読あわせて20回くらい読んできているのだからそれを拠り所にと、勇を鼓して本番に臨んだ。結果は関係者の間ではまあまあの出来だった。これは、藤沢作品朗読という十年越しの悲願が、現実にいまこうして達成できているという充実感のせいだったかも知れない。然し、その時、NHKが作ってくれた、この「踊る手」が収録されているCDを聞きながら、なんだか不満だった。不満と言うより不安だった。28人の登場人物の個別化、セリフ回しだけに汲々《きゅうきゅう》としていなかっただろうか。藤沢さんの心、この作品の心をちゃんと忖度《そんたく》した出来になっていただろうか、という不安である。

そのころ、私は大物俳優による漱石の『吾輩は猫である』の朗読を聞いた。さすが日本を代表する大物俳優。苦沙弥先生や、迷亭や寒月君の台詞《せりふ》まわしは抜群だったし、登場人物の個別化は見事にできていた。しかも、彼は、その、彼独特の低音で伸びのあるいい声で、ゆったり荘重に語り進む。例えば、その冒頭部分。――うう吾輩は、ん猫である。ん名前は、(大きな間《ま》)、ンまあだ、んない。――この威厳あふれる〝入り〟だけでキャーキャー騒ぐファンはいるかもしれない。でも、これ、なんか違うぞ、と私は聞きながら思った。彼は、全編その重々しい口調で、彼の、艶のある、のびやかな低音を響かせながら、書かれてある〝意味の間《ま》〟ではなく、彼の自分の呼吸の都合の間《ま》で、実に気持ちよさそうに語り進むのである。聞き進むうち、彼の勘違いに耐え難くなる。誰より漱石本人があの朗読は否定するだろうと思った。ご承知の通り、あの『猫』という作品は、漱石がこともあろうに猫を使って世相を斬るという諧謔性が作品の「きも」なのだから、〝吾輩〟の声はもっと〝軽く〟なきゃいけない。軽い、高い声で、むしろ、少し早口でコチョコチョと言わなければいけない。そこを感じ取るのが朗読の命である。まず、それが第一で、セリフ回しの巧拙や登場人物の個別化なんて二義的な問題である。彼は冒頭の「吾輩」の文字を見て、これは荘重に発声せねばと勘違いしてしまったのかもしれない。〝声〟だって、朗々たる声を出せば立派な朗読かよ、っていうことになる。（まあ、これは声の良くないことを十分認識している私の強弁かも知れないが。）大事なのは原作者の心にどれだけ寄り添えるかというという、この一点に尽きる。だから、その大物俳優の「勘違い朗読」を聴いてからというもの、私の「踊る手」はセリフ回しだけに関心が行ってしまっていたのではないか、と何だかとても不安になってしまったのだった。

偉大な作品が生み出された途端、それを別の形で再現しようとする動きが出てくる。その場合、作者が書き了えた瞬間、その『作品』は作者から離れて別の生き物として生きる、という考え方も出来る。例えば、カラヤンの第九の演奏はカラヤンだから素晴らしいし、小澤征爾の第九も、彼だからこその解釈の表現に喝采が起こる。然し彼らにはあくまでも〝ベースになるもの〟がある。わかりやすく言えば、一番偉いのはベートーベンなのだ。彼は全く何も無い状態から、その作品を「産み出した」のだ。朗読も同じだと考える。

私の師匠の元NHKアナウンス室長・杉澤陽太郎氏はこう仰言《おっしゃ》る――「作品の核心を離れて、全く別の視点でそれを再現する、ということもあってもいいかも知れないが、でも、僕は、やはり、作者の思い、作者の思考の流れ、作者の息遣いについていきたいと思う。これでいいですか、この解釈でいいのでしょうか、と常に作者と会話していきたいと思う。それが朗読の醍醐味だ。」(『現代文の朗読術入門』NHK出版)

さらに師匠は、私をこう叱咤なさる――「作者が『どうしてその場所にその言葉を選んでそこに置いたのか、そのことに込められた作者の意図はどこにあるのか』を、必死の思いで忖度しなさい。作者の心を思いながら、一字一句そのままに、『書かれてある通り』に読みなさい。音符通りに弾くのです。その結果、君が作者の意図を感得したら、君の朗読をそのとき初めて聞いた聴取者がそう感じ取れるように、そう読みなさい。」

『初つばめ』江戸町歩きマップ

↖小伝馬町へ
日比谷線
靖国通り
神田川
馬喰横山
馬喰町
人形町
都営浅草線
村松町
日本橋人形町
若い男たちのたまり場「おさん」（「運の尽き」）
東日本橋
東日本橋
米沢町
浅草橋
薬研堀
平右衛門町
6
浜町
両国橋 1
おもんが重吉に送ってもらい橋のたもとで手を握られた（「遅いしあわせ」）
駒止橋
日本橋浜町
首都高速向島線
御舟蔵
一ツ目橋
2 回向院
新大橋
首都高速小松川線
本所松坂町公園
蕉庵跡
芭蕉記念館
4 両国
両国
両国国技館
新大橋
都営新宿線
川元町
六間堀町
5 竪川
3 江戸東京博物館
両国
吾妻橋へ→
千歳
森下
清澄通り
深川神明宮
林町
二ツ目橋
亀沢町
亀沢
都営大江戸線
森下町
おすぎの恋人幸吉が住む町（「夜の道」）
高橋
14
新大橋通り
元町
京葉道路
JR総武本線
本所吾妻橋駅・東京スカイツリーへ→
緑
富川町
おしなが作次郎と引っ越すことにした町（「消息」）
森下
菊川
徳右衛門町
三ツ目橋
菊川
立川
嘉吉と母子が渡った橋（「驟り雨」）

『初つばめ』江戸町歩きマップ
富川町…江戸時代の町名・地名
両国　…現在の町名・地名
築地へ
日本橋・東京駅へ
茅場町
新川
日本橋川
水天宮前
JR京葉線
0
300m
N
⑪永代橋
越中島
永代
松代藩下屋敷
隅田川
佐賀
佐賀町
八幡橋
油堀
清洲橋
清住町
一色町
仙台藩蔵屋敷
越中島
黒江町
松村町
一の鳥居
なみが住む長屋（「初つばめ」）
福住
清澄
萬年
永堀町
門前仲町
閻魔堂橋
深川
相生橋
伊勢崎町
牡丹
大横川
門前仲町
門前仲町
おのぶの娘がさらわれたという橋（「夜の道」）
清澄庭園
⑦
清洲橋通り
海辺橋
永代寺
深川不動
万年町
高
富岡八幡宮
⑩
おのぶの店・伊勢屋がある町（「夜の道」）
西平野町
清澄白河
霊巌寺
⑧
深川江戸資料館
永代通り
東仲町
富岡
首都高速深川線
冬木
⑨
冬木町
仙台堀川
平野
東西線
三好
白河
木場
葛西橋通り
半蔵門線
洲崎の弁天
木場
道蔵がお才とお参りに行った神社（「泣かない女」）
三ツ目通り
東京都現代美術館
木場公園

『初つばめ』江戸町歩きスポット

（丸数字は地図内の番号）

❶両国橋

明暦三年（一六五七）の大火の後、寛文元年（一六六一）に完成した。千住大橋に続く隅田川二番目の橋で、最初は「大橋」と命名された。元禄六年（一六九三）、下流に新大橋が架けられたことから、「武蔵」と「下総」二国を渡すことに由来する両国橋が正式名称となった。橋の両端には大火の教訓を生かして火除《ひよ》け地（広小路）が設けられ、芝居小屋や水茶屋、揚弓場など多種多様な店が集まり賑わいをみせた。

両国橋

❷回向院《えこういん》

明暦の大火で亡くなった人の霊を弔うために明暦三年に創建された。天保四年（一八三三）から勧進相撲の定《じょう》場所が興行されたことから、「力塚」などの碑がある。また、墓石を削りお守りにすることで知られる鼠小僧次郎吉の墓がある。境内自由。

❸江戸東京博物館

常設展示の「江戸ゾーン」には両国橋西詰の盛り場や棟割長屋、芝居の舞台、三井越後屋などの精密なミニチュアを展示。ミュージアムショップには江戸グッズが充実。9時30分～17時30分、土曜は19時30分まで（最終入館は閉館30分前）／月曜（祝日の場合は翌日）、年末・年始休

両国橋（江戸後期）のミニチュア

❹本所松坂町公園

赤穂四十七士討入りでおなじみの吉良上野介の屋敷跡。園内自由。

❺竪川《たてかわ》

一七世紀に開削され、利根川と江戸をつなぐ水運や成田、鹿島、香取への参詣路としても利用された。本所を竪《たて》（東西）に貫くことからその名がある。南北に渡された橋には西から順番に数字が振られている。現在は首都高速七号小松川線の高架下。

❻小名木《おなぎ》川

江戸開府前の天正一八年（一五九〇）に開削された。竪川と同様、関東の米、野菜、行徳の塩などを江戸に運ぶ運河として使われた。隅田川との合流点そばの萬年橋付近には芭蕉記念館と松尾芭蕉が住んだ庵の跡が史跡展望庭園として整備されており、芭蕉翁像、芭蕉庵のレリーフなどが往時を偲ばせる。

芭蕉翁像

❼清澄庭園

もと関宿《せきやど》藩主久世氏の下屋敷で、紀伊國屋文左衛門の別邸もあった。明治期に三菱の岩崎弥太郎によって整備された回遊式林泉庭園。都の名勝第一号。9時～17時（最終入園16時30分）／年末・年始休

❽深川江戸資料館

一九世紀半ばの佐賀町の町並みが、表店から裏長屋、白壁の土蔵、船宿など実物大で再現。深川の一日の暮らしを二十分に集約した館内演出も見どころ。隣の霊巌寺には老中松平定信の墓が。9時30分～17時（最終入館16時30分ま

深川江戸資料館

で）／第二・四月曜（祝日の場合は翌日）、年末・年始休

❾仙台堀川

江戸初期の開削。隅田川との合流点にあった仙台藩蔵屋敷に物資を運び入れたことに由来。「夜の道」に登場する相生橋は、仙台堀と油堀を結ぶ亀堀に架かっていた。現在は堀の跡に亀堀公園が残る。

仙台堀川

❿富岡八幡宮

深川八幡とも呼ばれ、寛永四年（一六二七）に創建された。三年に一度本祭りが開催される「深川八幡祭り」で有名。勧進相撲の興行がここから始まったことでも知られ、「横綱力士碑」など多数の石碑や像がある。「一の鳥居」は富岡八幡宮の大鳥居とその周辺地域を指す。現在の門前仲町交差点の西側にあったが現存しない。また、八幡宮の周辺は辰巳《たつみ》芸者で知られる岡場所があった。「時雨みち」で新右衛門がおひさを探しに向かった「裾継ぎ」ほか「土橋」「仲町」「新地」「石場」「櫓下」「あひる」などが深川七場所として繁盛した。

⓫永代橋

五代将軍綱吉の五十歳記念として元禄一一年（一六九八）に架けられた。千住大橋、両国橋、新大橋に次ぐ隅田川四番目の橋。文化四年（一八〇七）に富岡八幡宮の祭礼に殺到した群衆の重みで崩落し、多数の死者が出たことでも知られる。現在の橋は大正一五年（一九二六）に架けられた。

富岡八幡宮

本書は「松平定知の藤沢周平をよむ2」（チャンネル銀河にて二〇一一年四月～二〇一二年一月放送）で紹介された藤沢周平作品一〇篇を収録したオリジナル短篇集です。

各短篇は『藤沢周平全集第三巻』（文藝春秋刊）を底本としました。

実業之日本社文庫 ふ21

初《はつ》つばめ 「松平定知《まつだいらさだとも》の藤沢周平《ふじさわしゅうへい》をよむ」選《せん》

2011年12月15日 初版第一刷発行
2018年 9 月20日 初版第五刷発行

著 者 藤沢周平《ふじさわしゅうへい》

発行者 岩野裕一
発行所 株式会社実業之日本社
〒153-0044 東京都目黒区大橋 1-5-1
クロスエアタワー 8 階
電話 [編集]03(6809)0473 [販売]03(6809)0495
ホームページ http://www.j-n.co.jp/
印刷所 大日本印刷株式会社
製本所 大日本印刷株式会社

フォーマットデザイン 鈴木正道(Suzuki Design)

ISBN978-4-408-55063-3（第二文芸）